AF160437

Rot.

Grün?

Blind!

S.B. SASORI

Copyright © 2014 S.B. Sasori
Alle Rechte vorbehalten.
Bildmaterial: Fotolia.com/ID/49683523_L
Korrektorat: Sabine Müller
www.swantje-berndt.de
www.swantjesgeschichten.wordpress.com
Bibliografische Information der Deutschen Nationalbibliothek:
Die Deutsche Nationalbibliothek verzeichnet diese Publikation in
der Deutschen Nationalbibliografie; detaillierte bibliografische
Daten sind im Internet über http://dnb.dnb.de abrufbar.
Herstellung und Verlag: BoD – Books on Demand, Norderstedt
ISBN: 978-3-738612790

»Siehst du gar nichts?«
Um die schönen Lippen zuckte es.
Ein Mund zum Küssen.
Finn schlug sich gedanklich vor die Stirn.
Wie konnte er einen Blinden fragen,
ob er nichts sah?

ROT. GRÜN? BLIND!

Wasserlachen auf der Straße. Verdammter Sturzregen.

Aprilwetter vom Feinsten, dabei war es März.

Schwierig, die Maschine ruhig zu halten. In den Lachen nahm sie jedes bisschen übel. Bremsen, lenken, Gas geben. Schon schlingerte sie unter seinem langsam feuchten Hintern.

Die Autos zogen an ihm vorbei, spritzen Tropfen auf das Visier des Helms.

Hannes wischte darüber, nur um im nächsten Moment erneut die Welt um ihn herum durch einen Nebelschleier zu sehen.

Die nasse Lederkombi drückte ihn schwer in den Sattel. Er fühlte sich unbeweglich, wie ein zu stark aufgepustetes Michelin Männchen.

Er hätte auf Stefans Rat hören und erst morgen fahren sollen. Die Regenfront war angekündigt worden.

Stefan. Der kluge, stets auf Sicherheit spielende Kumpel aus der Schulzeit.

Früher war er in Hannes verliebt gewesen. Zweimal waren sie zusammen im Bett gelandet, in aller Freundschaft und wenig spektakulär.

Für mehr fehlte Hannes die Geduld und Stefan war kein Typ fürs wochenlange Reisen auf einem Motorradsattel.

Außerdem redete er zu viel.

Hannes liebte einsame Touren auf kaum befahrenen Straßen.

Ohne Nachdenken, ohne Sorgen oder Pläne.

Erreichte er einen Ort, wollte er an einen anderen.

Vom Morgenlicht zum Abendrot, durch schwarze Nacht und von vorn.

Am liebsten auf seiner Kawasaki die ganze Welt bereisen.

Ihr dunkelroter Lack leuchtete als greller Farbklecks gegen die Eintönigkeit der regennassen Autobahn.

Sein motorisiertes Baby, ein Wurfzelt, Gaskocher und Schlafsack in den Satteltaschen. Das genügte.

Freiheit.

Abwechselnd war sie grau wie Asphalt, grün wie die Wälder in Schweden, manchmal silbrig, wie der Nebel am Loch Lomond.

Was für ein geiles Leben!

Keine Absprachen treffen, keine fremden Wünsche erfüllen müssen.

Anhalten, wo es ihm gefiel.

Weiterfahren, wann es ihm passte.

Zwei Monate Irland warteten auf ihn.

Seine letzte große Reise, bevor ihn der Alltag am Genick packte.

Geldverdienen, Eintönigkeit, Small Talks.

Ein Korsett, das ihm früher oder später die Luft zum Atmen abschüren würde.

Den Eltern weiterhin auf der Tasche zu liegen, ging ebenso wenig.

Mit vierundzwanzig Jahren plus abgeschlossenem Studium erwartete jeder von ihm, endlich eigenes Geld zu verdienen.

Vor dem Job in der Berliner Werbefirma graute ihm.

Nicht wegen der Arbeit an sich.

Auch nicht wegen der Firma.

Es lag an ihm.

Alltagsinkompatibel. Das traf es am ehesten.

Tägliches Einerlei.

Pünktlich aufstehen, geregelte Essenspausen, Urlaub in Häppchen.

Was bedeuteten ein, zwei Wochen am Stück?

Nichts.

In Länder einzutauchen, ihre Schönheit zu atmen, ihre Farben zu trinken, kostete Zeit.

Du drückst dich vor der Verantwortung.

Sein Vater hatte sich breitschultrig vor ihm aufgebaut.

Du kannst deine Jugend nicht tingelnd auf der Straße vergeuden und dein Erbe durchbringen.

Hannes schlängelte sich zwischen zwei einander überholenden Lkws hindurch.

Aus den geplanten Bahnen ausbrechen? Sich mit Gelegenheitsjobs über Wasser halten?

Dann brauchte er sich zu Hause nicht mehr sehen lassen.

Die Vellers stachen durch Fleiß und Verlässlichkeit hervor. Sie heirateten früh, zeugten Kinder, strichen regelmäßig Gartenzäune und harkten das Laub aus der Einfahrt.

Eigenheim, Vorstadt, samstägliches Autowaschen, Grillabende mit den Nachbarn, am Wochenende eine Partie Tennis.

Hannes Veller. Der einzige graue Fleck auf der sauberen Weste der Familientradition.

Heirat?

Seine Eltern traf der Schlag, sollte er jemals einem smarten Kerl in weißem Anzug einen Ring anstecken.

Davon abgesehen war er kein Beziehungsmensch.

Ab und zu ein Fick für die Hormone.

Der Belgier unterm Sternenhimmel der Provence.

Der Spanier in der Nachtkälte des Geirangerfjords.

Am Strand von Lacanau-Océan war er bis zur Grenze seiner Belastbarkeit geliebt worden.

Trotz der Nässe rann es ihm wohlig über den Rücken.

Marcel war fantastisch gewesen.

Vielleicht lag es auch an den Sandkörnern, die sich in unbefugtes Gebiet verirrt hatten.

Die Weiterfahrt musste Hannes damals verschieben.

Sein Hintern brauchte eine Pause von mehreren Tagen.

Flüchtige Momente voll Sinnlichkeit und Leidenschaft.

Er vergaß sie niemals. Auch nicht als alter Tattergreis.

Warum leuchtende Augenblicke durch Wiederholungen ausbleichen?

Beziehungs-Alltagstrott.

Job-Alltagstrott.

Gift für sein Leben.

Verdammt!

In zwei Monaten begann die Tretmühle und katapultierte ihn aus grellem Bunt direkt hinein in stumpfes Mausgrau.

Es war ein Fehler.

Hannes spürte ihn wie ein Dorn in der Seele.

Den Job absagen?

Einfach auf die Maschine setzen und wegfahren?

Grit würde ihn eventuell verstehen. Seine ältere Schwester kannte seinen Lebenswandel und akzeptierte die Tatsache, dass ein schwuler Bruder zum Neffen- und Nichtenproduzieren schlecht geeignet war.

Sie riet ihm von einem unbedachten Outing den Eltern gegenüber allerdings ab. Wenn er irgendwann fest im Sattel säße - ob er diesen Zustand hasste oder nicht - und auf das Geld ihres Vaters nicht mehr angewiesen wäre, bliebe noch Zeit genug dafür.

Fest im Sattel. Saß er doch! In diesem Moment. Er grinste gegen die Wangenpolsterung des Helms an.

Schluss mit dem Grübeln. Die nächsten Wochen gehörten ...

Der Wagen schräg vor ihm scherte aus.

Was ging mit dem Fahrer ab?

Sah er ihn nicht?

Ausweichen.

Zu knapp.

Scheiße!

Ein Stoß.

Ziehen im Bauch.

Rot. Grau. Schwarz. Wieder grau. Rot.

Dunkelheit.

≈

»Arschficker!« Eddies Stimmbruchtimbre scholl vom Bürgersteig über die Balkonbrüstung.

Finn erstickte seinen genervten Seufzer mit einem Schluck Kaffee.

Kinder waren was Feines.

Vor allem Eddie. Er toppte sämtliche Albträume, die ein schwuler zwanzigjähriger Single von diesen halbhohen Zumutungen haben konnte.

Der Kerl erfreute Finn regelmäßig mit wenig intelligenten Beleidigungen und nervte bei jeder Gelegenheit mit seiner auf purem Schwachsinn beruhender Meinung.

Eddie war die Pest.

»Nugatstecher!«

Jep, das war mit Abstand sein Lieblingsschimpfwort.

Finn trennte sich geistig von den potenziellen Bildern zu seinem Referat. Sie waren ohnehin zu grün.

Der Bodybuilder vor der Almlandschaft, der Marathonläufer zwischen Wald und glitzerndem See.

Der Turner auf der olivfarbenen Matte, der Gewichtheber mit der Sporthose in einem Ton, der eindeutig an frische Lindenblätter erinnerte.

Zu vital für die düstere Botschaft, die er den Zuhörern vermitteln wollte: Missbrauch von Anabolika im Leistungssport.

Nichts gegen Grün an sich.

Frühling, Leben, Hoffnung, Gesundheit, Frösche, Strickpullover, Joggingschuhe, das geilste Motorrad der Welt.

Eine perfekte Farbe. Sie passte bloß nicht zu dem Inhalt seines Textes.

Abgabetermin: Donnerstag.

Finn hinkte dem Zeitplan hinterher.

Bei dem fantastischen Wetter rutschte die Arbeitsmotivation bei jedem Vogelzwitschern in den Keller.

»Hey! Hörst du nicht?« Eddies Stimme kippte gefährlich. Wenn er noch ein wenig schriller brüllte, rissen hoffentlich die überstrapazierten Stimmbänder.

Statt einer Antwort zeigte Finn den Kröten auf dem Bürgersteig seinen Mittelfinger.

Eddie, der kleine Kugelfisch, verschränkte die speckigen Arme vor der Brust. »Mein Vater hat gesagt, Schwule seien ...«

»Stopp!« Der Kerl verschwendete Finns Lebenszeit. Dem setzte er jetzt ein Ende.

Finn räusperte sich eine Tonlage tiefer und lehnte sich über die Balkonbrüstung.

»Soll ich den alten Ruprecht dezent zur Seite nehmen und ihm verraten, wer die Schmierereien an die Haustür gekliert hat?« Seit gestern standen quer über dem Eingang die Buchstaben *E.M.* - *Eddie Müller* - in lila Schnörkelschrift.

Es war bloß eine Frage der Zeit, wann der Hausmeister auf diesen nahe liegenden Zusammenhang von ganz allein kam.

Eddies hämisches Lachen fiel ihm vom feisten Gesicht.

Ein denkwürdiger Anblick.

»Wenn du meinst, dein Revier markieren zu müssen, piss an die Hauswand, aber kleistere nicht deine Initialen an die Tür, hinter der du wohnst.

Tags dienen der Anonymisierung, du Depp. Warum hast du deinen Namen nicht gleich ausgeschrieben?«

Hier wohnt Eddie Müller. Hirnlos aber glücklich.

Finn sah den Schriftzug deutlich vor sich.

»Was 'n für Inti ...« Eddie blickte Hilfe suchend zu seinem Freund. Der zuckte die Schultern. Schon wandte sich das volle Antlitz erneut in Finns Richtung. »Du hast keine Beweise, Schwanzlutscher.«

Lohnte es sich, auf den Klassiker *Schwuchtel* zu warten?

Wenig originell, aber das Kerlchen war ja erst um die dreizehn. Also gerade noch lernfähig.

Es holte tief Luft. »Tausend Leute haben Namen, die mit *E* anfangen. Und *Müller* heißen auch ganz viele, du Schwuchtel!«

Bingo.

Gelassen griff Finn zum Smartphone und winkte damit. Im Leben würde es ihm nicht einfallen, diese Dumpfnasen bei was auch immer zu filmen, aber das wusste Eddie ja nicht.

Von seinem Balkon aus hatte Finn die Haustür im Blick. Theoretisch war es durchaus möglich, die Jungen während einer Zigarettenpause beim Schwachsinnanstellen zu erwischen.

»Ein Fünf-Minutenvideo. Lust, es dir mit deinen Freunden auf Facebook zu teilen? Warte, ich lade es auf Youtube hoch.«

Eddie biss sich auf die Lippen und sah dabei aus wie ein Hängebauchschwein mit Überbiss. »Können wir darüber reden, Herr Themme?«

Eben war Finn noch der Schwanzlutscher gewesen.

»Eventuell. Halte in Zukunft den Mund, wenn du mich siehst. Ich will kein Wort mehr von dir hören.« Sein minderjähriger Widersacher hing am Haken. Dort ließ er ihn zappeln, bis er Moos ansetzte.

Eddies Wangen wechselten von Rot nach Weiß. Dann stieß er seinen Kumpel an und beide zogen ab.

Was für ein fantastischer Frühlingstag.

Finn setzte sich wieder an seine Arbeit.

Ein lauer Lufthauch wehte ihm die Motivation dazu vor der Nase weg.

Er duftete nach Orangen.

Der Mann vom Obstladen nebenan schnitt ein paar Früchte auf und legte sie als Dekoration in die Stiegen.

Gute Methode, um die Kundschaft anzulocken. Finn lief das Wasser im Mund zusammen.

Ihm war nach etwas Frischem, Süßem.

Finn lehnte sich zurück, schloss die Augen. Berlin im Mai war die reinste Verführung und ein Tag wie dieser war definitiv zu schade, um weggearbeitet zu werden.

Ob er sich am Nachmittag mit Maik treffen könnte? Mit den Maschinen raus zum See fahren, ein bisschen in der Sonne liegen und den Abend planen.

Seine Yamaha brauchte Bewegung.

Er auch. In Form von Tanzen im Klub und danach vögeln in einem gemütlichen Eckchen.

Ganz entspannt.

Kein Zwang.

Finn wuschelte sich durch die Haare. Ein Friseurbesuch wäre eine gute Idee. Nicht jeder stand auf ausgewachsene Strähnen.

Er blies eine von ihnen aus dem Gesicht.

Was Hübsches, Schlankes mit blauen Augen? Oder grünen. Das sah auch klasse aus. Und der Mund musste küssbar sein. Ruhig ein bisschen zu groß, das bot mehr Kuss- und Knabberfläche.

Er legte die Füße auf den Tisch. Der Frühlingswind streifte warm zwischen seinen gespreizten Zehen hindurch.

Kein Stress. Wenn sich was ergab, war es gut, wenn nicht, dann nicht. Allerdings ...

Nein. Nur wenn es sich lohnte. Sinnloses durch die Gegend zu vögeln, machte ab einem gewissen Punkt keinen Spaß mehr.

Ein leichtes Ziehen im Schritt spottete seinen hehren Gedanken Hohn. Doch, vögeln machte Spaß. Ob sinnlos oder nicht und sein letztes Mal war definitiv zu lange her.

Finn klappte die Schenkel auseinander, berührte sanft den Jeansstoff zwischen seinen Beinen.

Zartes Kitzeln, viele kleine elektrische Impulse. Ganz gemächlich rührte es sich unter seinen Fingerspitzen.

Er streichelte weiter, drückte fester zu. Langsam wurde es eng hinter der Knopfleiste.

Wäre schön, wenn er heute Nacht nicht allein einschlafen müsste.

Die Beule in der Jeans wuchs unter seiner Zuwendung. Finn presste die Hand darauf. Der Gegendruck tat gut.

Eigentlich könnte er nach Mr. Right Ausschau halten.

One-Night-Stands prickelnden zwar im Moment, fühlten sich jedoch am nächsten Morgen schal an.

Maik würde ihn auslachen und einen dämlichen Romantiker nennen.

Sollte er.

Das Blut floss ungehindert in Finns Lenden. Vor seinem inneren Auge formte sich ein Traumkörper mit schmaler Hüfte, flachem Bauch.

Muskulös? Sicher.

Aber nicht übertrainiert.

Die Aufgepumpten waren steif im Kreuz und liebten ihre gezüchtete Körpermasse mehr als den liebesbedürftigen Schwanz ihrer Partner.

Finn lehnte sich weiter zurück, die verdammten Knöpfe mussten auf.

Heute war ein guter Tag zum Jagen. Was sich da in seine Handfläche schmiegte, wollte endlich Gesellschaft.

Zarte, pulsierende Länge. Härte, die sich an seiner rieb. Finn schloss die Finger um den Schaft - ein bisschen zu fest.

Keine Zärtlichkeiten, wenn er es sich selbst machte. Das überließ er dem Mann, der das Glück hatte, heute Nacht das Bett mit ihm zu teilen. Oder das Sofa ... den Wohnzimmerteppich ... das Treppenhaus.

Je nachdem wie weit sie ihre gemeinsame Lust kommen ließ.

Finn legte den Kopf in den Nacken.

Die Balkonbrüstung war hoch genug. Niemand bemerkte es, wenn er sich mal eben gut tat.

Glatte, heiße Haut, die einen fremden, intimen Duft ausströmte. Hände, die sich in seine Haare krallten und ihm den Kopf nach hinten zogen. Dann eine Zunge, neugierig und dreist, die jede Stelle seines Körpers für sich beanspruchte.

Seine Erregung pochte. Leider nur in der eigenen Hand.

Fester, wilder.

Das massive Ziehen im Unterleib wurde zu Schmerz, bettelte um schnelle Erlösung.

Finn biss die Zähne zusammen.

Noch nicht.

Das Kopfkino war zu schön.

Ein sinnlicher Mund küsste sich über seine Brust, tiefer bis zum Bauch, kostete schließlich den steinharten Schwanz.

Ein glühender Blick, der seinen traf, ein laszives Lächeln, das einen unvergleichlichen Genuss versprach.

Finn drückte den Rücken durch. Brennende Lust. Lange würde er es nicht mehr ertragen.

Sein Traumjunge umschloss alles, was in Finns Hand pulsierte, mit weichen Lippen.

Erst langsam und genussvoll, dann heftig.

Finn stöhnte, rieb sich schneller.

Die Vorstellung, dass ein Mann zwischen seinen Schenkeln kniete, war zu gut. Finn würde sich, so weit es ging, in dessen Rachen versenken, ihn ein bisschen vögeln. Vorsichtig und nie über die Würggrenze hinaus.

Bitte schluck, wenn es mir kommt.

Gott, gleich ...

Tiefe Motorgeräusche ...

Jetzt nicht raus bringen lassen. Der Traumboy stieß verlockend raue Laute aus, ertrug Finns Beckenvorstöße wie ein Held.

Finn hörte seinen eigenen lustvollen Aufschrei zum Glück nur in der Fantasie. Ein zärtlicher Biss.

Bitte mehr davon.

Autotüren klappten. Zwei Männerstimmen fluchten abwechselnd wegen schwerer Bücherkisten und einem

Klavier, das einem Wolfgang kürzlich den Rückenwirbel raus gehauen hätte.

Finns Erregung zuckte wild gegen den imaginären Gaumen.

Ein Dieter sollte mit der Musikanlage aufpassen. Die sähe teuer aus.

In welches Stockwerk?

Gab es einen Aufzug?

Vorsicht mit dem Fernseher.

Wozu?

Der Typ brauchte ihn nicht mehr.

Geklapper auf dem Gehsteig. Direkt unter dem Balkon.

Finn griff seinem Traummann in die wilden Strähnen.

Der sah ihn erstaunt an, ließ von ihm ab und löste sich im plötzlich einsetzenden Poltern im Treppenhaus auf.

Scheiße!

⸗

Schemen, hell und dunkel, manchmal Farbblitze. Das war alles.

Selbst wenn sie ein weiteres Mal an ihm herumoperierten, änderte es sich nicht wesentlich. Dann konnte er es gleich sein lassen. Die Vorstellung, erneut an Schläuchen zu hängen, dem nervtötenden Piepton zuhören zu müssen, klumpte seinen Magen zusammen.

Hannes stand vom Bett auf und tastete sich zur Tür. Sie war das graue Rechteck auf der weniger grauen Fläche der Wand.

Er konzentrierte sich auf die verlaufenden Kanten.

Kaum etwas sehen zu können, machte Angst. Er suchte noch. Starrte auf die Umrisse bis seine Augen tränten und hoffte, dass sie deutlicher wurden. Meistens wurden sie das nicht.

Ohne Begleitung sind Reisen für Sie unmöglich. Das Motorrad sollten Sie verkaufen. Glauben Sie mir, damit tun Sie ihrer Seele einen Gefallen. Besser eine zügige Trennung von alten Gewohnheiten, die Sie ohnehin ablegen werden.

Aus tiefstem Herzen hatte er den Arzt in diesem Moment verabscheut. Dabei trug er keine Schuld daran, dass Hannes Leben innerhalb weniger Augenblicke zu einem winzigen Punkt zusammengeschnurrt war.

Es hing an der Leine anderer. Benötigte deren Hilfe an jedem verdammten Tag.

Hilflos wie ein Baby.

Hannes fuhr sich durchs Haar. Seit er so gut wie blind war, wollten seine Hände Beschäftigung.

Berühren, sich stoßen, umklammern, tasten.

Sie suchten in der Dunkelheit Halt. Hofften auf Orientierung.

Hannes verlor sie, sobald er sich auch nur einmal um sich selbst drehte.

Die Ärzte rieten ihm, den Zustand zu akzeptieren und das Beste daraus zu machen.

Das Beste aus einem farblosen Leben?

Verstand niemand seinen Verlust oder bildeten sich alle ein, solche Floskeln könnten ihn trösten?

Nach dem Krankenhaus hatte er es keine Woche bei seinen Eltern ausgehalten.

Zu viele Fragen nach seinen Plänen, zu viele Ratschläge.

Warum verweigerte er die Reha? Wäre ein Betreuer nicht sinnvoll? Zumindest in der ersten Zeit? Wie sähe es mit einem Blindenhund aus?

Unerträglich.

Die permanente Fürsorge brach ihm moralisch schneller das Genick, als die Tatsache, seine Existenz in Grauschleiern zu fristen.

Stefan sprang in die Bresche und bot Hannes an, vorübergehend bei ihm zu wohnen.

Um ihn ebenfalls zu bemuttern.

Plötzlich meinte es alle Welt gut mit ihm.

Der Blinde.

Der Behinderte.

Der, der Hilfe brauchte.

Schluss damit.

Der Mietvertrag für die eigene Wohnung in Berlin war unterschrieben.

Grits Appartement lag in der Nähe. Darauf hatte seine Schwester bestanden. Nur für den Notfall.

Selbstständigkeit auf achtzig Quadratmetern.

Ein Anfang.

Den Umzug hatte Stefan für ihn organisiert. In der ersten Zeit würde Grit für ihn einkaufen, später ihn dabei begleiten, bis er es irgendwie allein hinbekam.

In seinem Kopf klapperte der Blindenstock über Gehsteigkanten und an Straßenlaternen.

Hannes fuhr sich durchs Haar, riss an den Strähnen, bis es wehtat.

Ohne fremde Hilfe war er ein Käfer auf dem Rücken.

Da waren sie wieder, die zersetzenden Gedanken. Sie schnappten in jedem schwachen Moment nach ihm, zogen ihm den Boden unter den Füßen weg, bis er in schwarze Tiefe stürzte.

Blind.

Von jetzt auf gleich.

Weil sein beschissener Schädel zu viel abgekriegt hatte. Weil irgendwelche Zentren in irgendwelchen Regionen vom Aufprall an der Leitplanke zu stark traumatisiert worden waren.

Wozu hatte er einen Helm getragen? Was taugten die Dinger?

Die Ärzte versicherten ihm bei jeder Kontrolluntersuchung, dass es ein Wunder sei, dass er überhaupt so glimpflich davongekommen wäre.

Einmal quer über eine Autobahn zu schlittern, ohne überfahren zu werden, sei mehr als Glück. Bis auf Prellungen und ein beachtliches Schleudertrauma, hatte der Rest seines Körpers nur wenig abbekommen.

»Stufe!« Stefan brüllte von irgendwo unten. Hannes blieb sofort stehen. Mit dem Fuß tastete er sich vor, erwischte bereits die Kante der Treppenstufe. Fast wäre es schief gegangen.

»Wenn du schon allein durchs Haus schleichst, dann nur mit Stock!« Stefan klang unentspannt. »Ich wage zu bezweifeln, dass das mit der eigenen Wohnung eine gute Idee ist.«

War es nicht. Aber es war seine einzige zu diesem Thema.

Er wollte seine Selbstständigkeit zurück. Wenigstens einen Zipfel davon.

Grit half ihm dabei. Große Schwestern liebten es, sich um ihre jüngeren Brüder zu kümmern. Vor allem, wenn sie blind und hilflos waren. Hannes schluckte die nächste Verzweiflungswelle hinunter.

Scheiße!

»Wo ist das verfluchte Blindendings?« Schon schwangen wieder Tonnen an Mitgefühl in Stefans Stimme.

Geschissen auf den Stock! Solange er noch grobe Umrisse wahrnahm, brauchte er ihn nicht.

Das würde nicht so bleiben, hatte ihm der Arzt netterweise und wenig feinfühlig erklärt. Früher oder später wurde es schwarz.

Sein Hals schnürte sich zu.

Schwindel, Herzrasen, wie in den ersten wachen Tagen im Krankenhaus.

Hannes klammerte sich an das Treppengeländer.

Der Anfall ging vorbei.

Die Blindheit nicht.

Schritte auf den Stufen vor ihm.

»Die Möbel sind in der Wohnung.« Stefans Hand legte sich erbärmlich behutsam auf Hannes' Schulter. »Bist du so weit? Dann können wir fahren.«

Er war kein rohes Ei.

Hannes schüttelte den sanften Griff ab. »Ich kann das allein.«

»Hab ich eben gesehen.« Stefan seufzte. »Du wohnst seit drei Wochen bei mir und weißt immer noch nicht, wo die Treppe beginnt?«

»Hier.« Schneller, als ihm wohl dabei war, ging sie Hannes hinunter.

»Du musst dich konzentrieren«, lamentierte es hinter ihm. »Sonst brichst du dir in deinen eigenen vier Wänden das Genick.«

»Hör auf zu dramatisieren.« Hannes stieß empfindlich hart mit der Schulter an etwas Kantiges.

»Die Tür!«

»Warum steht sie auf?« Verdammt tat das weh. Hannes rieb sich den Arm.

»Weil ich vergessen habe, sie zu schließen, als ich deine Koffer ins Auto gepackt habe.« Stefan schnaufte neben ihm. »Ist es schlimm?« Schon tastete er an Hannes' Schulter herum. »Du weißt, müsste ich nicht nach München, hätte ich kein Problem damit, wenn du weiterhin bei mir wohnst.« Wie zufällig streifte sein Finger Hannes' Hals.

Klar. Hier bleiben, sich bemuttern lassen und ab und zu einen Mitleids-Fick.

»Lass uns fahren.« Sein neues Leben wartete auf ihn. Dunkel und auf zwei Zimmer plus Küche und Bad beschränkt.

Hannes lachte. Es klang auch für seine Ohren lebensmüde.

»Glaubst du wirklich, dass du das schaffst?«

»Ja.« Und wenn nicht, wäre Stefan der Letzte, der es erfahren würde.

Stefan berührte ihn am Ellbogen und manövrierte ihn zum Wagen. »Solltest du Geld brauchen, sag Bescheid.«

Hannes schmeckte Galle.

Den Job in der Werbefirma hatte er längst gekündigt.

Egal war ohnehin nicht sein Ding gewesen.

Weiterhin Eltern und Freunden auf der Tasche liegen.

Jede Ausgabe vor ihnen rechtfertigen. Sich Vorträge anhören, Ratschläge annehmen müssen.

Hannes presste die Faust gegen die Stirn.

Nicht nachdenken. Je weniger schwarze Löcher er von innen sah, desto besser.

∼

Wow, eine Protzschüssel in Altherren-Silber.

Finn stopfte den Müllbeutel in die Tonne.

Die S-Klasse parkte auf der gegenüberliegenden Seite. Der Typ hinterm Steuer sah zu ihm hinüber, musterte dann das Haus.

War das H. Veller, dessen bescheuertes Umzugsunternehmen ihn vorhin dabei gestört hatte, sich gelassen einen runterzuholen? Das Standard-Baumarkt-

Namensschild hing seit ein paar Tagen an der Wohnung gegenüber.

Auf dem Rücksitz saß noch jemand. Er beugte sich nach vorn, öffnete die Tür zur Straße hin.

Ein vorbeifahrendes Auto bremste scharf ab und schlenkerte hupend um das Hindernis herum.

Vielleicht mochte der Kerl Limousinen ohne Türen. Offene Räume waren in, offene Autos könnten folgen.

Hübscher Bursche. Etwa sein Alter. Haare zwischen Platin und Wasserstoff. Sie passten zu der genialen Nerd-Sonnenbrille und dem lässig in den Nacken geschobenen Hut.

Nicht ungeschmeidig, wie er sich aus dem Fond bewegte, sehr langsam und umsichtig. Offenbar stieg er nicht oft aus Autos.

Finn wischte sich das Grinsen aus dem Gesicht, als der Mann ohne nach rechts oder links zu sehen, die Fahrbahn betrat.

Von allen Seiten rauschte der Verkehr.

Der Typ hinterm Steuer schrie ihn an, gefälligst stehen zu bleiben.

Gute Idee. Leider befolgte sie der blonde Engel nicht.

Er ging einfach weiter.

Sah er den Lkw nicht?

Bei der Geschwindigkeit bremste der Fahrer nicht einmal für Rollator-Omas.

Scheiße, der Typ war so gut wie platt.

Sein Kumpel im Wagen zerrte am Gurt und brüllte sich heiser.

Finns Herz schlug bis in die Schläfen. »Hey! Pass auf!«

Der Kerl musste lebensmüde sein.

»Verdammt! Bleib stehen!«

Die fremde Stimme drang durch die Motorengeräusche und das Hupen. Hannes tauchte aus einer Ebene auf, die ihm bis jetzt Gleichgültigkeit versprochen hatte.

»Bist du irre?«

Die Stimme kam näher. Schönes Timbre. Nicht zu tief, nicht zu hart. Angenehm. Wieder hupte es, direkt vor ihm. Seltsam, den Fahrtwind der vorbeifahrenden Autos an den Armen zu spüren. Er stellte ihm die Härchen auf.

»Sag mal, geht`s noch?« Jetzt war sie neben ihm. »Willst du dich umbringen?«

Eigentlich nicht.

Oder doch?

Ein Arm legte sich um ihn, führte ihn entschlossen durch den Verkehrslärm. Die Hand auf seiner Schulter war warm, roch gut.

Auch von der anderen Seite duftete es. Ein Hauch Kaffee, eine Nuance frische Orangen.

Irgendwo hinter ihnen keuchte Stefan. »Danke, dass du Hannes geholfen hast. Der Gurt hat blockiert. Ich bin nicht raus gekommen.« So wie er schnaufte, stand er kurz vor einem Herzinfarkt.

»Kein Ding.« Die fremde Stimme bebte untergründig. Vor Zorn? Oder vor Schreck? Es hörte sich gut an.

Sie würde noch besser klingen, wenn sie vor Wut brüllte. Konnte der Besitzer das nicht für ihn tun? Ihn anbrüllen und ihm das Gefühl aus dem Körper prügeln, das ihn zwang, zwischen herumrasenden Autos zu taumeln?

Das Herzholpern kam zu spät. Offenbar befand er sich bereits auf der anderen Straßenseite und damit in Sicherheit.

»Hast du keine Augen im Kopf?« Der Mann ließ seinen Arm um Hannes Schultern liegen.

»Er ist blind«, übernahm Stefan das Antworten.

Ja, blind aber nicht stumm. Doch wozu aufkeimendes Mitleid bremsen? Garantiert bereute der Typ es längst, ihn angeschrieen zu haben.

Es wurde Zeit, dass er sich an Mitleidsbezeugungen gewöhnte.

Kann ich dir über die Straße helfen? Suchst du was Bestimmtes? Soll ich dich um die Hundescheißhaufen herumführen oder stehst du auf stinkenden Dreck an deinen Sohlen?

Etwas krampfte sich in ihm zusammen. In diesem Leben würde es sich nicht mehr entspannen.

»Er ist blind?« Das Hineinströmen der Luft in den fremden Rachen hörte sich nach massiver Empörung an. »Und da lässt du ihn allein durch die Gegend stolpern?« Der Griff um seine Schulter wurde fester. Nicht so unentschlossen und ängstlich wie bei Stefan.

»Ich dachte, bei Blinden bilden sich die anderen Sinne besser aus.«

Der Zorn vibrierte, verlieh der Stimme etwas Konkretes.

Hannes versuchte sich einen Mann vorzustellen, zu dem sie passte.

»Hören? Ahnen? Der siebte Sinn? Nie davon gehört?«

Braune Augen, die ihn wütend anfunkelten.

»Du hättest tot sein können!«

Dunkle Haare, etwas zu lang. Sie bedeckten breite, geschwungene Brauen. Er würde sie oft aus der Stirn wischen.

Mit einer ungeduldigen Geste.

Ob die Haarspitzen bis zum Kinn reichten? Ob sie ihn beim Sprechen kitzelten? Wie klang er, wenn er glücklich war? Wie lachte, wie stöhnte er?

Stopp. Bis hierhin. Keinen Schritt weiter. Hannes ignorierte die bunten Lichtblitze, die sich hinter der Sonnenbrille ausbreiteten. Sie existierten bloß in seinem Kopf.

Statt ihrer hätte er Häuser und Menschen sehen müssen. Mülleimer, den Zeitungsstand, dessen Geruch von warmem Papier mit Druckerschwärze zu ihm herüberwehte und Orangenaroma transportierte.

Und er hätte den Mann sehen müssen, dessen Arm nach wie vor schwer und beschützend auf ihm lag.

Seltsam, dass es ihn nicht störte.

Im Krankenhaus hatte Hannes nicht mal die Berührung der Ärzte und Schwestern ertragen. Jedes noch so kleine alltägliche Anfassen schmeckte nach Mitleid und Helfersyndrom.

»Er ist noch nicht lange genug blind, um solche Fähigkeiten zu besitzen. Sein Therapeut sagt ...«

»Stefan!« Wenn er jetzt die rührseligen Geschichten des armen jungen Blinden ausbreitete, konnte er sich von dem Rest ihrer Freundschaft verabschieden.

Sein Ohr wurde von einem warmen Luftzug gestreift. Er roch nach Kaffee und unaufdringlicher Nähe.

»Wie ist es passiert?«

»Motorradunfall.« Den rot glänzenden Lack des Tanks würde er nie mehr vergessen. Es war das Letzte, was er gesehen hatte. Seitdem träumte er von dieser Farbe.

Der Mann atmete laut aus. »Dann frage ich besser nicht weiter. Ich liebe meine Maschine. Kein Urlaub ohne sie.«

»Welche Farbe?«

Der Mann lachte. Es klang voll und spontan, nach Spott und echter Überraschung.

»Hast du dein Motorrad nach der Farbe gekauft, oder warum fragst du?«

»Ist sie rot?«

»Nein. Dunkelgrün metallic.«

»Gut.« Alles ging. Nur nicht rot, nicht mehr.

»Bist du H. Veller?« Ein Rest des Lachens haftete der Stimme immer noch an. »Dann wohnst du gegenüber von mir.«

H Punkt Veller. Hätte Stefan seinen Namen nicht ausschreiben lassen können?

»Dein Klingelschild ist mittelprächtig räudig. Aber was soll`s? Dich stört es ja nicht.«

»Nein, ich werde es einfach übersehen.«

»Gute Einstellung.«

Stefan schnaufte empört. Warum? Dieser Mann hatte den Nagel auf den Kopf getroffen.

»Ich bin übrigens Finn. Wenn du das nächste Mal das Bedürfnis verspürst, über die Straße zu gehen, sag mir Bescheid.«

»Willst du mir dann soufflieren, wann das Männchen grün ist?« Scheiße, Finn war wie alle anderen. Mitleidgeschwängert und gutmenschverseucht.

Zum Kotzen.

»Nö«, kam es gleichgültig und sehr nah an seinem Ohr. »Ich möchte bloß rechtzeitig meine Kopfhörer aufziehen, um das Quietschen der Reifen nicht zu hören, wenn sie dich auf dem Asphalt verteilen.«

Saftiger Konter.

Hätte ein Grinsen verdient, aber Hannes war nicht danach. Finn berührte ihn am Ellbogen und lotste ihn eine Stufe hoch. »Mach so was wie eben kein zweites Mal. Jedenfalls nicht in der Zeit, in der du neben mir wohnst. Vor dem ersten Kaffee zusehen zu müssen, wie Sanitäter

Hirnmasse von der Straße kratzen, ist schlecht für meine Kreativität.«

»Ist gut«, fauchte Stefan. »Ich denke, er hat's gefressen!«

≈

Wie konnte man nur so sexy und gleichzeitig so beschissen drauf sein?

Finn musterte das Profil des Mannes in aller Ruhe.

Die Kinnpartie war verkrampft. Der Mund auch. Schade. Lächelnd hätte er Finn hingerissen.

Klar, ein Unfall erschütterte, aber die Verbitterung waberte regelrecht um den schmalen Körper.

Dabei sah der Typ mit dem markant geschnittenen Gesicht und den verwuschelten Haaren besser aus als jedes Covermodel.

Vor allem mit dem Hut. Hatte er ihn festgesteckt oder warum rutschte er ihm nicht vom Kopf?

Keine Frage. Ein bildhübscher Kerl.

Vielleicht waren die Schultern ein wenig zu schmal. Und eventuell störte sich der eine oder andere an dem leichten Knick auf dem Nasenrücken.

Stammte er von einer Schlägerei?

Verwegene Vorstellung.

Passte zwar nicht zu der Zierlichkeit, aber zu der düsteren Ausstrahlung.

»Soll ich hier bleiben und dich in deine neue Wohnung einweisen?« Stefan sah Hannes resigniert an. Er hätte ihm auch einen Vogel zeigen können, Hannes würde es aus nahe liegenden Gründen kaum tangieren.

»Nein. Geh nur und danke für alles. Ich rufe Grit an.« Hannes zog sein Handy aus der Hosentasche. Er benutze tatsächlich eines mit Tastatur. Es wirkte ziemlich klobig.

»Unter den Favoriten dreimal nach unten wählen, stimmt`s?«

»Nein. Viermal.«

»Richtig. Verwechsele ich immer.«

»Auf dem fünften Platz ist meine Nummer gespeichert, auf dem ersten die Notfallnummer von Dr. Bauer, auf dem zweiten die Feuerwehr ...«

Das Gesicht des blonden Mannes gefror zu einer Maske. Merkte Stefan nicht, dass er mit dem fürsorglichen Gerede in eiternden Wunden pulte?

»Die Notfallnummern braucht er nicht. Er ist ja nicht schlaganfallgefährdet, oder?« Hoffentlich nicht. Sonst saß Finn jetzt bis zum Hals im Fettnäpfchen.

»Nein, bin ich nicht«, sagte Hannes leise. Er drehte den Kopf zu Stefan, aber nicht weit genug, um ihn sehen zu können.

Sehen können? Finn schüttelte das miese Gefühl von sich, das sich plötzlich in seinen Magen schlich.

Der Junge hatte echt die Arschkarte gezogen.

»Führe mich durch die Zimmer und erkläre mir das Wichtigste.« Hannes' Lächeln war winzig genug, um übersehen zu werden. »Den Rest schaffe ich allein.«

Stefan verdrehte die Augen und angelte einen Schlüssel aus der Jackentasche. »Wenn du nur nicht so stur wärst. Wem willst du was beweisen?«

»Mir«, konterte Hannes trocken.

Finn schluckte. Stefan auch. Sie sahen sich einen Moment an, dann streckte Finn die Hand nach dem Schlüssel aus. Stefan zuckte die Schulter und gab ihn ihm.

Wenn es Hannes' Wohnung war, sollte er aufschließen und kein anderer. »Hier. Dein neues Zuhause.«

War das der zweite Versuch eines Lächelns in dem ernsten Gesicht?

Nein, er musste sich getäuscht haben.

Finn berührte ihn am Arm, strich daran hinab bis zur Hand. Der Umweg war unnötig, aber er wollte Hannes berühren.

Da, wo er mit den Fingern entlang strich, stellten sich helle Härchen auf.

Gefiel es ihm?

Vorhin hatte es Hannes auch nichts ausgemacht, als Finn den Arm um ihn gelegt und ihn an sich gezogen hatte.

Einziger Grund: seine Sicherheit.

Für eine Sekunde glaubte Finn an die Redlichkeit seiner hehren Beweggründe.

Der Blonde war etwas Besonderes.

Der Trotz in der Stimme. Die Kaltschnäuzigkeit. Klar, sie war nur gespielt. Wenn es ums Augenlicht ging, blieb niemand cool.

Hannes neigte den Kopf näher zu ihm. Finn spürte die Wärme der fremden Wange an seiner eigenen.

Plötzlich flatterte es aufgeregt in seiner Brust, sackte tiefer bis in den Bauch und flatterte dort weiter.

Hannes mochte es, von ihm berührt zu werden.

Finns Herz schaltete einen Gang höher.

Liebend gern hätte er jetzt in die von dunklen Gläsern versteckten Augen gesehen. Welche Farbe?

Oder erwartete ihn der Anblick blass milchiger Iriden?

Das wäre schade, aber kein wirkliches Problem.

Stefan räusperte sich.

Ach ja, der Schlüssel.

Finn drehte Hannes' Handfläche nach oben und legte ihn hinein.

»Siehst du gar nichts?«

Um die schönen Lippen zuckte es. Ein Mund zum Küssen. Finn schlug sich gedanklich vor die Stirn. Wie konnte er einen Blinden fragen, ob er nichts sah?

»Bei Helligkeit erkenne ich Umrisse.« Hannes sprach verdächtig leise. »Wenn ich mich anstrenge, auch unterschiedlich dunkle Flächen.« Er biss die Zähne zusammen, wandte sich ab.

Am liebsten hätte ihm Finn erneut den Arm um die Schultern gelegt, nur zum Trösten.

Doch das war zu viel des Guten. Später vielleicht, wenn sie einander besser kannten.

Seine Hand wollte unbedingt zu Hannes. Seine Arme auch. Und sein Mund. Eigentlich wollte er komplett zu diesem Mann, der weit davon entfernt war, sich mit seinem Schicksal abgefunden zu haben.

»Danke.« Der Schlüssel klimperte zwischen den schlanken Fingern.

Auf dem Weg zum Schloss tastete Hannes über die Klingel und das Namensschild. Er ließ sich Zeit.

Stefan wippte auf den Ballen und sah ungeduldig bis massiv gequält aus.

»Hast du heute noch was vor?« *Mehr, als deinem blinden Kumpel mal kurz unter die Arme zu greifen, zum Beispiel?*

Der Kerl fühlte sich ertappt und wurde rot. »Nun ja, ich müsste eigentlich …« er verzog das Gesicht, winkte ab. »Vergiss es, ist unwichtig.«

»Ist es nicht.« Hannes wandte sich seinem Freund zu. »Ich weiß, wie viel du für mich getan hast. Geh ruhig. Grit kommt bald vorbei. Sie wird mir helfen.« Als ob ihn ein plötzlicher Schmerz gepackt hätte, zuckte er zusammen.

»Ach was.« Stefan tätschelte hauchzart Hannes' Unterarm. »Geht schon.« Auf der runden Stirn bildeten sich

Schweißperlen. Der Typ stand unter Stress. Ein wichtiger Termin?

»Geh!«

Okay, auch Hannes war unentspannt.

Kein Wunder. Auf ihn wartete eine komplett fremde Umgebung. Es dauerte garantiert lange, bis er sich zurechtfand.

Woher wusste er, ob ihm die Wohnung überhaupt gefiel?

Seltsame Vorstellung, nichts sehen zu können.

Unheimlich.

Wie wollte Hannes den Alltag meistern? Ob er etwas dagegen hätte, wenn Finn ihm seine Hilfe anbot?

Und wer war Grit?

Seine Freundin?

Das Flattern in seinem Bauch verschwand - für ein paar Sekunden. Dann begann es erneut, allerdings zaghafter.

⁓

Beide starrten ihn an. Sein Nacken kribbelte von ihren Blicken. Hannes fühlte über den Schlüssel, hielt ihn so, dass der Bart nach unten zeigte, er steckte ihn in die Vertiefung direkt neben seiner Fingerkuppe.

Was er hier vorhatte, war Wahnsinn. Warum gab er nicht einfach zu, Hilfe zu brauchen? Allein in einer Wohnung, die er bloß mit Tasten und Schritte zählen kennen lernen konnte. Sollte er im Notfall rechtzeitig das Klo finden, war er gut. Aber was war mit Essen kochen? Was mit Duschen? Wo zum Henker hatte Stefan seine Sachen verstaut?

Hannes Handflächen wurden feucht. Er hatte eine Scheißangst. Hoffentlich kam Grit bald. Sie war geduldiger, würde mit ihm so lange üben, bis er ohne sie zurechtkam.

Wenn ihm das überhaupt jemals gelang.

»Mach dir keinen Kopf.« Finns Hand legte sich auf seine Schulter. Fest und schwer.

Wunderbar beruhigend.

»Nachmittags bin ich meistens zu Hause. Klingele einfach, falls du mich brauchst.«

»Ich mache mir keinen Kopf.« Den hatte er gerade in den Sand gesteckt.

Die Wärme an seiner linken Wange wurde stärker. Der Duft nach Kaffee und Orangen ebenfalls.

»Deine Hände zittern«, flüsterte Finn. »Könntest du das *Ich-bin-blind-aber-es-macht-mir-nichts-aus -Spielchen* bitte lassen? Ich meine es ernst. Ich würde dir gerne helfen.«

Kaum ein Wispern. Stefan hatte unter Garantie nichts davon verstanden.

Finn war diskret. Und direkt. Seltsam, dass beides gleichzeitig ging.

»Warum bist du so scharf darauf?« Der Sarkasmus in seiner Stimme kotzte ihn an. »Hast du nichts Besseres vor, als dich um einen Behindi zu kümmern?« Er biss sich auf die Zunge, aber es war zu spät. Die beschissenen Worte standen längst zwischen ihm und Finn.

Dabei war er freundlich, klang ehrlich.

Und duftete verführerisch.

Ein verbittertes Arschloch. Genau das war aus H. Veller geworden.

Das Rauschen in seinen Ohren kam zeitgleich mit roten Lichtblitzen.

Wie er diese Farbe hasste.

»Du bist eine Sahneschnitte.« Finn lachte, ebenso leise, wie er vorhin gesprochen hatte. »Du scheinst es vergessen zu haben, weil du die Kerle und Mädels, die dir sabbernd hinterher starren, nicht mehr sehen kannst. Das ändert aber nichts daran, dass du lecker bist und mir diese Tatsache keinesfalls entgeht.«

Hitze strömte in seinen Bauch. Sie breitete sich bis zur Brust aus, stieg Hannes über den Hals bis in die Wangen.

Die Welt schmolz zu einer leisen Stimme, die wunderschöne Dinge sagte.

Stefan räusperte sich und der Moment zerplatze wie eine Seifenblase. »Ich will nicht drängeln, aber heute Abend muss ich ...«

»Schon gut.« Hannes konzentrierte sich auf den Schlüssel. Es klickte und die Tür gab nach.

Hindernis eins, bestanden. Es warteten lediglich die Nummern zwei bis unendlich auf ihn.

Stefan schob Hannes in die Wohnung, lächelte genervt zu Finn und knallte ihm die Tür vor der Nase zu.

Arschloch.

Hoffentlich hatte er nicht vergessen, Hannes auch die Telefonnummer vom Pizzaservice ins Handy zu speichern. Notfall- und Ärztenummern halfen kaum gegen ein Loch im Magen.

Hannes brauchte einen Freund, der ihm die erste Zeit erleichterte und ihm die Anspannung von Lippen und Seele küsste.

Am liebsten hätte Finn an die Tür geklopft, Stefan zum Teufel gejagt und diesen Job selbst übernommen.

Hatte er Mitleid mit Hannes? Klar.

Aber da war mehr. Viel mehr.

Eben, als sich ihre Wangen beinahe berührt hatten.

Finn seufzte gegen das sehnsüchtige Ziehen an.

Die unmittelbare Nähe zu Hannes hatte ein Prickeln auf seiner Haut geweckt. Er fühlte es immer noch. Es sickerte tiefer, breitete sich in seiner Brust aus, huschte zwischen die Beine und wurde zu einem Pulsieren.

Hannes zarter Duft, das schöne, traurige Gesicht, die schlanken Finger, die unter ihrer Aufgabe leicht gezittert hatten.

Wie gern hätte er sie festgehalten und ihnen dabei geholfen, das Schloss zu finden.

Verliebt.

Von einem Moment auf den anderen.

Gab es das?

Auch außerhalb klischeebehafteter Hollywoodschinken?

Finn starrte auf die Tür. Dahinter tappte Hannes durch sein neues Leben.

Sein Herz zog sich zusammen, wuchs, schrumpfte erneut, um sich beim nächsten Atemzug bis zur Flurdecke zu dehnen.

»Mensch, Sahneschnitte, ich würde dich zu gern vernaschen.« Bis zum letzten Krümel.

Dennoch grenzte es an Schwachsinn, sinnlos vor einer verschlossenen Tür zu stehen. Später ergaben sich reichlich Gelegenheiten, Hannes zu treffen. Wenn nicht, würde er dafür sorgen.

Schwierig, sich mit Bleibeinen von einem Ort fortzubewegen, der plötzlich massive Bedeutung erlangt hatte.

Zwei Quadratmeter Hausflur mit Aussicht auf beigefarbenem Lack und der Möglichkeit, die passende Klingel zu benutzen, um im Zweifel vor Stefan zu stehen.

Finn überquerte die drei Schritte Distanz zwischen ihren Wohnungen und wählte Maiks Nummer, noch bevor die Tür hinter ihm ins Schloss fiel.

Sein Freund musste ihm helfen, das Gefühlschaos zu sichten und zu sortieren.

Eventuell eine Strategie mit ihm zusammen entwickeln, wie er sich Hannes nähern konnte, ohne aufdringlich oder überhilfsbereit zu wirken.

»Hi, Finn«, klang es abwesend aus dem Mikro an seinem Ohr. »Was ist los?« Im Hintergrund klapperte es.

»Schon mal Liebe auf den ersten Blick erlitten?« Als er es aussprach, schlug sein Herz aus dem Takt. Gott, ihn hatte tatsächlich der Blitz getroffen.

Mr. Right wohnte Tür an Tür mit ihm.

Maik lachte dreckig. »Nö, und ich glaube auch nicht daran.«

»Verdränge das für einen Moment. Eben lief mir ein Mann über den Weg. Nein, er lief über die Straße und fast in ein Auto. Ich habe ihn vor dem Tod gerettet.« Finn kniff sich in die Nasenwurzel. Liebe machte nicht blind, sondern bekloppt.

»Was ist das denn für ein Spast?«

»Er ist blind.«

»Was?« Maik klang ehrlich erschüttert. »Was willst du mit einem Typ, mit dem du nicht mal tanzen gehen kannst, ohne dass er fremden Kerlen in die Arme stolpert?«

Schlechte Idee, Maik anzurufen.

»Hör mal, Kleiner.«

Die Spottstimme seines Freundes ging ihm gegen den Strich.

»Vergiss sämtliches Gefasel über die Liebe, was dir jemals ins Ohr gesäuselt wurde. Sie ist ein Haufen auf- und abspringender Hormone. Nach einem guten Fick beruhigen sie sich. Vertrau mir. Was zählt, sind Knackärsche in teuren Jeans, Knopfleisten, die unter deinen Fingern aufspringen, und Schwänze, die sich in Mund und Arsch gut anfühlen.«

Apropos Arsch. »Arsch!« Finn beendete das Gespräch.

Das seichte Gefühl, das sich bei Maiks Gerede in ihm ausgebreitet hatte, löste sich auf, als er sich Hannes' schönes Gesicht mit den blonden Strähnen in der Stirn vorstellte.

Das Flattern in seinem Bauch legte mutig einen Zahn zu.

Woher kam das dringende Bedürfnis, einen Fremden in die Arme zu schließen, bevor er ihn mit Küssen beinahe erstickte und um den Verstand vögelte?

Aus der gegenüberliegenden Wohnung.

Finn raufte sich die Haare. Der Platintyp war Naschwerk. Selbst die stolze, abweisende Art, die ständig mit seiner Unsicherheit zu konkurrieren schien, verlockte Finn.

Es war kein Problem, sich Hannes kniend zwischen seinen Beinen vorzustellen. Und es war noch weniger eine Hürde, vor ihm zu knien, und ihn so lange zu verwöhnen, bis sich der sinnliche Mund öffnete, um heisere Lustlaute auszustoßen.

Finn riss das Fenster auf. Er brauchte Luft. Bis jetzt hatte ihn noch kein Mann derart aus dem Takt gebracht. Er wollte ihn. Dringend und mit einer Intensität, die er nie an sich erlebt hatte.

Die ganze Palette.

Von zart und sanft bis zum heftigsten Ritt seines Lebens. Scheiß egal, wenn Hannes danach für Tage kaum sitzen konnte. Er würde ihm das Essen ans Bett bringen und sich anschließend von ihm lieben lassen.

Finn keuchte das massive Ziehen aus seinem Körper.

Er wollte Hannes tatsächlich in sich fühlen.

Diesen Wunsch empfand er selten bis nie.

Unten zu liegen, entsprach nicht seiner Art. Während der wenigen Gelegenheiten hatte er sich stets unwohl gefühlt.

Ausgeliefert, benutzt.

Finn wuschelte durch seine zu langen Haare. Was stellte der Kerl von gegenüber mit ihm an? Einmal gesehen, ein bisschen im Arm gehalten und schon flogen ihm die Sicherungen um die Ohren.

»Ich will dich wiedersehen.« Die Sehnsucht in seiner Stimme entsprach exakt dem ziehenden Gefühl in seinem Herz.

Sollte er hinübergehen?

Und dann?

Finn hatte seine Karten offen auf den Tisch gelegt. Was Hannes aus dem Blatt machte, war seine Entscheidung. Hoffentlich fand er den Weg über den Flur zu ihm.

Klar. Ein paar Schritte geradeaus und der Blondschopf stand vor seiner Tür.

Tat er das vielleicht längst? Und traute sich bloß nicht, zu klingeln?

Finn sprang auf, lief durch den Flur und lauschte.

Stille.

Was hatte er erwartet?

Dass Hannes verzweifelt am Holz kratzte und atemlos einen Gummi vor den Spion hielt?

»Ich will dir helfen«, informierte er sinnigerweise die abgegriffene Klinke. »Ich will sehen, wie sich deine ernste Miene unter meinen Küssen entspannt. Will dir in die Haare greifen, während du vor Lust unter mir schmilzt - und dabei ganz genau wissen, dass du dich nie wieder zu einer dämlichen Aktion, wie eben an der Straße, hinreißen lässt.« In seinem Herz stach es. Dann zog es unterhalb seines Nabels.

Sehnsucht? Nach einem Mann, den er erst seit wenigen Minuten kannte?

⸻

»Gib beim Kochen acht, dass du danach den Herd wieder ausschaltest.« Stefan klang panisch. »Benutze am Besten ausschließlich die Mikrowelle, hörst du?«

»Ich bin nicht taub.« Hannes pflückte den Hut vom Kopf und zog die Sonnenbrille ab. Beides landete auf dem Küchentisch. Ohne die dunklen Gläser fiel es ihm leichter, die Umrisse der Umgebung zu erkennen.

Die Brille diente ohnehin nur als Versteck vor Fremden. Es war peinlich, mit jemandem zu reden und dabei knapp an ihm vorbei zu sehen.

»Und sei vorsichtig mit den Schwellen zum Badezimmer und zum Gästeklo. Wenn du darüber stolperst, kann es schnell passieren, dass du dir den Schädel am Bidet oder dem Waschbecken anschlägst.«

Von Stefans hektischem Ermahnen schwirrte ihm der Kopf.

Das bisschen Mut, das ihn zu diesem Schritt veranlasst hatte, war längst in düsterem Orakeln untergegangen.

»Weißt du noch, auf welcher Seite neben der Tür der Kühlschrank steht?«

»Ja. Links.«

»Falsch! Rechts!«

»Na und?«, fauchte Hannes. »Ich werde es mir irgendwann gemerkt haben.« Stefan atmete zischend ein. »Schnauz mich nicht an, bloß weil du dich überfordert fühlst. Ich habe dir gleich gesagt, dass das deine Scheißidee ist.«

Nein. War sie nicht.

Hannes kämpfte gegen die Wellen aus Frustration und Hilflosigkeit an. Sie drohten, ihn im Minutentakt zu überrollen.

Stefan traf keine Schuld. Er bemühte sich um Ruhe, doch seine Stimme klang schrill vor Stress.

»Tut mir leid.« Hannes zwang seine Mundwinkel nach oben. »Ich komme zurecht. Okay?«

»Mmh.« Ein lautes Schnaufen drückte den tiefsten Zweifel aus. »Ruf Grit an. Ich habe keine ruhige Minute, wenn ich weiß, dass du allein ...«

»Ich. Komme. Zurecht.« Eine Lüge. Aber die Worte auszusprechen, tat gut.

Auf dem Tisch vor ihm klapperte es metallisch. Der Haustürschlüssel?

»Die Steckdosen haben Kindersicherungen.«

»Ich weiß, Stefan.«

»Ich habe darauf bestanden.«

Auch das wusste er.

Da er nicht vorhatte, in den Dingern herumzustochern, war Stefans Vorsichtsmaßnahme überflüssig.

»Soll ich Grit bitten, die Tisch- und Bettkanten mit Styropor abzukleben?«

Locker bleiben. Stefan meinte es bloß gut.

»Genau. Das werde ich tun«, sagte sein überbesorgter Freund erleichtert. »Am besten bewegst du dich bis dahin so wenig wie möglich.«

Ein zögernder Griff an Hannes' Schultern, ein zaghaftes Drücken nach unten. »Setz dich hierhin und warte, bis deine Schwester ...«

Hannes schlug die Hände vors Gesicht. Alles, was er wollte, war allein zu sein.

»Ach ja.« Stefan schob ihm die Stuhlkante in die Kniekehlen. Fest genug, dass Hannes das Gleichgewicht verlor und wie ein Sack auf die Sitzfläche plumpste. »Es gibt keine Brotschneidemaschine und die Messer habe ich sicherheitshalber noch nicht ausgepackt. Aber Grit weiß Bescheid. Auf dem Küchentresen findest du eine Packung geschnittenes Brot. Butter ist ...«

»Du versteckst Messer vor mir?« Sein Herz pochte hart gegen die Rippen. »Was noch?«

»Deine Zigaretten, das Feuerzeug, die Scheren, den Föhn, den Rasierapparat ...« »Warum?« Grelle rote Flecken tanzten vor seinen Augen. »Ich brauche den Föhn und den Rasierapparat! Und den Rest auch!« Sollte er wie ein Schrat herumlaufen?

»Und wenn dir die Fluppe runterfällt?«, fauchte Stefan unentspannt. »Was ist, wenn die Glut einen Wohnungsbrand auslöst? Oder wenn dir der Föhn ...«

»... in die Badewanne fällt?«

»Genau! Gott im Himmel! Was für eine Scheißidee, dich allein wohnen zu lassen!« Stefans Schnaufen war nah an Hannes' Ohr. »Vergiss dieses Experiment. Du kommst mit mir nach Hause. Ich rufe Grit an, dass ...«

»Raus.« Hannes kniff sich in die Nasenwurzeln. Konnte man Tränendrüsen zudrücken? Seine Wut stand kurz davor, aus den Augen zu quellen.

»Hannes, ich will nur dein Bestes!«

»Raus!« Die Stimme war neben ihm. Hannes schlug in die Richtung, streifte Stoff.

»Bist du irre?«, schnappte Stefan. »Bald werde ich der einzige Freund sein, der dir noch bleibt und du schlägst nach mir?«

»Verschwinde endlich!«

Verdammte Tränen.

»Gut, wie du möchtest.«

Eilige Schritte, das Klappen der Wohnungstür.

Ruhe.

Keine Freiheit, keine Selbstständigkeit, keine Freunde. Bis auf Stefan.

Fantastische Aussichten.

Hannes ignorierte das saure Gefühl in seinem Magen. War klar gewesen, dass kein Spaziergang auf ihn wartete. Er wollte allein sein.

Deshalb hatte er Stefan rausgeschmissen.

Dummerweise fühlte sich das Alleinsein nach Einsamkeit an.

Früher hatte ihn das nie gestört.

Wieder Türenklappen. Dieses Mal von draußen.

Auf der Straße vor dem Fenster sprang ein Motor an.

Hannes legte den Kopf auf die Tischplatte. »Gute Fahrt, Stefan.« *Ich verübele es dir nicht, dass du mich zum Kotzen findest.*

Sein Freund hatte geredet wie ein Wasserfall. Ihm alles und jedes erklärt. Nur nicht, wo die Kaffeemaschine stand und wie man sie bediente.

Empfand er sie ebenfalls als zu risikoreich für einen Blinden?

Links von ihm musste der Küchentresen sein.

Helle Flächen vor dunkleren. Stefan hatte ihm verschwiegen, in welchen Farben die Zimmer gestrichen waren oder ob er die Bilder aus der alten Wohnung aufgehängt hatte.

Ein Zuhause, das er nicht kannte.

Er besaß Zeit im Überfluss, diesen Zustand zu ändern.

Hannes erhob sich, tastete sich zur nächsten Wand. Seine Finger streiften Glätte. Der Türrahmen? Weiter über Raufasertapete bis zu einer Kante.

Wieder Glätte. Diesmal mit Fugen.

Mit der Hüfte stieß er an einen Vorsprung.

Der Küchentresen.

Ceranfeld, Arbeitsplatte, Spüle.

Die Kaffeemaschine?

Filter oder Tabs?

Kapseln?

Der Wassertank befand sich hinten.

Ein Hebel ragte vorne über den Rest des Gerätes. Er ließ sich nach oben drücken. Darunter war eine flache Einbuchtung.

Tabs.

Demnach hatte Stefan den alten Kaffeeautomaten entsorgt.

Gut. Dieser hier war leichter zu bedienen.

Wenn er jetzt noch herausfand, wo Stefan den portionierten Kaffee versteckt hatte, war ein winziger Teil des trüben Tages gerettet.

Der Platz um die Maschine war leer, bis auf das Stück Kabel.

Wo war die Steckdose?

Rechts der Wasserhahn.

Also nach links.

Klappern an seinem Arm.

Die Kaffeemaschine.

Hannes tastet die Fliesen dahinter ab.

Da war sie, die Steckdose. Endlich.

Fehlte bloß noch der Kaffee.

In dem Schrank darüber?

Tassen links, kleine Teller daneben.

Hannes öffnete die nächste Tür, fühlte vorsichtig über die Fächer.

Schüsseln und Gläser.

Weiter.

Plastikbehälter, Abtropfsieb.

Keine knisternde Tüte. Keine Dose.

Verdammt.

Also wieder zurück, irgendwo musste eine Art Vorratsschrank sein.

Hannes suchte die Flächen unter der Arbeitsplatte ab.

Herdklappe, ein Geschirrspüler? Unter der Spüle steckte der Mülleimer.

Danach reihten sich Schubladen übereinander.

In der Obersten klapperte Besteck. Die darunter war leer, die Unterste ebenfalls.

Hannes setzte sich auf den Boden, würgte an dem Kloß im Hals.

Der Plan, sein Leben trotz der Blindheit allein zu stemmen, war nicht mutig, sondern bescheuert und widerlich naiv.

Er zog sein Handy aus der Tasche, räusperte sich. Seine Schwester sollte ihm die Frustration nicht bereits am Telefon anhören.

Sein altes Touchscreen-Smartphone hatte er gegen eines mit Tastatur tauschen müssen. Sobald er es sich leisten konnte, kaufte er sich eines mit einem tauglichen Spracherkennungsprogramm.

Seine Daumenkuppe strich über die Tasten. Unter der letzten in der obersten Leiste steckten die Favoriten.

Er wählte drei Plätze nach unten.

»Polizei Direktion eins. Peter Lange am ...«

Hannes drückte das Gespräch weg.

»Scheiße!«

≈

Ruhe zum Arbeiten?

Keine Chance.

Finn zeichnete kleine Motorräder auf den Rand seines Notizblockes.

Ziemlich mies, wenn einem das eigene Baby das Leben versaute.

Ein ernsthafter Unfall war ihm bisher erspart geblieben.

Gott sei Dank.

Ein Blick auf die Uhr.

Sicher der Hundertste.

Schlich die Zeit?

Dieser Stefan war längst abgezogen.

In dem Moment, als Finn den Mut gesammelt hatte, hinüberzugehen und Hannes zu fragen, ob er ihm helfen könnte - Einkaufen, massieren, ein bisschen vögeln für die Seele - tauchte eine Frau mit kurzen Haaren und Minirock auf.

Sie besaß einen Schlüssel für die Wohnung. War das Grit?

Offenbar.

Anscheinend wollte sie bei Hannes Wurzeln schlagen. Finns Ohr klebte gedanklich an der Tür, lauschte auf jedes Geräusch. Wenn sie endlich ging, wartete er eine Anstandsstunde, dann ...

Im Flur klapperte es.

Schritte.

Der dumpfe Gong seiner Klingel ließ ihn hochschrecken.

Hannes?

Mit immer schneller klopfendem Herz eilte er zur Tür.

Mist! Diese Grit stand davor.

Finn fuhr sich durch die Haare, checkte sein Bild im Garderobenspiegel. Machte er einen seriösen, verantwortungsbewussten Eindruck?

Nun ja.

Mit einem hoffentlich einnehmenden Lächeln drückte er die Klinke.

»Herr Themme?« Die Frau reichte ihm die Hand. »Ich bin Hannes' Schwester. Grit Veller.«

»Freut mich.« Was wollte sie von ihm? Fragen, ob er ihrem Bruder ab und an unter die Arme greifen könnte?

Kein Problem.

»Ich würde gern mit Ihnen sprechen.«

»Sicher.« Finn wies Richtung Küche. Dort war es am ordentlichsten. Im Wohnzimmer flogen seine Notizen und die Kaffeetassen der Vortage durch die Gegend und im Schlafzimmer empfing er nur besondere Gäste.

Grit setzte sich und legte einen Schlüssel auf den Tisch. »Darf ich *du* sagen?«

Stimme und Blick verrieten ihm eines ganz deutlich: Grit machte sich grässliche Sorgen und schrammte bereits jetzt an der Grenze zur Überforderung.

»Ich heiße Finn.« Er nahm ihr gegenüber Platz. »Klar können wir uns duzen. Wie kann ich dir helfen?«

Sie lächelte ihn dankbar an. »Hannes hat mir erzählt, dass sein neuer Nachbar nett sei, und da hoffte ich ...«

»... kein Problem. Ich bin für ihn da.« Er biss sich auf die Lippen. Zu schnell. Viel zu schnell. »Ich meine, wenn er Hilfe braucht oder so.« In seinen Wangen puckerte Hitze.

Grit schien es nicht zu bemerken. Sie atmete erleichtert aus. »Das beruhigt mich, Finn. Hannes benötigt jede erdenkliche Hilfe. Leider steckt er im Moment in einer Krise und beißt diejenigen weg, die für ihn da sein wollen.«

»Redest du von Stefan?« Nach Beinausreißen hatte er nicht ausgesehen.

Grit nickte. »Stefan, mich, unsere Eltern, die Ärzte.«

Himmel, sie wirkte total unglücklich. »Hannes hat das Krankenhaus zu früh verlassen, verweigert die Reha, will keinen Betreuer.«

»Ich kann ihn verstehen.« Je mehr Leute sich um ihn sorgten, desto hilfloser fühlte er sich wahrscheinlich.

»Wirklich?« Ihre Brauen zogen sich zusammen. »Ich nicht.« Nervös pfriemelte sie an dem Schlüsselband. »Er ist fast blind. Kommt kein Stück da drüben zurecht.« Ihre Stimme brach ab. Sie schüttete den Kopf, wischte sich über die Augen. »Bis vor Kurzem war er pausenlos auf dem Motorrad unterwegs. Immer allein. Er liebte das. Kein Problem, das ihn jemals aus der Bahn geworfen hätte. Und jetzt?«

Tränen.

Finn legte seine Hand auf Grits. Ganz automatisch.

Weinende Menschen machten ihn schwach.

»Er will nicht akzeptieren, dass er sein altes Leben verloren hat«, schluchzte sie. »Er klammert sich daran, obwohl er weiß, dass es nicht funktionieren wird und er früher oder später ...«

»Lass es ihn versuchen.« Finn nahm ihr den Schlüssel aus den hektischen Fingern. »Ist der für mich? Für den Notfall?«

Grit nickte schniefend. »Er hat keine Ahnung, dass ich ihn dir gebe. Aber was er von dir erzählt hat ...«

»Du kannst mir vertrauen.« Verflixt. Seine eigene Stimme zitterte ebenfalls. Scheiße gelaufen für Hannes. Verdammt aber auch.

Finn riss ein Stück von der Zeitung ab und schrieb seine Handynummer darauf. »Ruf mich an. Jederzeit.«

»Danke.«

Es kam dermaßen erleichtert, dass er lächeln musste.

»Wenn du ein, zweimal am Tag eine Ausrede finden könntest, bei ihm zu klingeln?«

»Ziemlich auffällig, oder?«

Grit seufzte. »Bis fünf Uhr nachmittags muss ich arbeiten. Bis dahin ist er auf sich allein gestellt.«

Nachher ging er zu ihm und legte die Karten auf den Tisch. Fragen nach einer Tasse Milch oder einem Ei waren albern.

Hannes hatte ein Recht zu erfahren, wer außer ihm seinen Wohnungsschlüssel besaß.

Grit speicherte sich seine Nummer ab und schickte ihm eine SMS. »Auch im Job erreichst du mich darunter, okay?« Sie stand auf, schlich mit hängendem Kopf zur Tür. »Keine Angst, du sollst nicht für die Ewigkeit das Kindermädchen für ihn sein. Nur bis er ...«

»Kein Ding.« Fast keines. Eine gewisse Schwere hockte ihm schon auf den Schultern.

Der Druck der Verantwortung?

Finn atmete tief ein. Er kam damit klar. Und er wollte Hannes helfen.

Nur nicht heimlich, sondern mit seinem Einverständnis.

»Danke.« Grit zog die Nase hoch, blickte zur gegenüberliegenden Tür und tappte schließlich die Treppe hinunter - bis zum ersten Absatz. »Nur für den Notfall, ja?«

»Geht in Ordnung.« Finn lehnte sich an die Wand. Grits Schritte verstummten, als die Haustür ins Schloss schlug.

Dachten alle, die mit Hannes zu tun hatten, nur an Notfälle?

Blonde Strubbelhaare, ein sinnlicher Mund und Augen, die sich hinter dunklen Gläsern versteckten.

Das warme Gefühl von vorhin floss in jeden Winkel seines Herzens.

Auch wenn er nicht in Hannes vernarrt wäre, würde er ihm helfen.

Aber so war es schöner, aufregender.

Mies, so zu denken.

Was ihm die Nerven kribbeln ließ, empfand Hannes sicherlich als Demütigung.

Den Zahn musste Finn ihm ziehen, bevor er überhaupt wuchs.

Gleich?

Nein. Wahrscheinlich wollte Hannes erst einmal zur Ruhe kommen.

Zurück am Schreibtisch, tackerte Finn seine Konzentration an den letzten Korrekturdurchgang des Artikels.

Ständig riss sie ab.

Nach einer halben Stunde bestand sie bloß noch aus Fetzen.

Kriechende Zeit. Zäh wie Schleim.

Seine Gedanken schwirrten um Hannes und wie es ihm im Augenblick ging. Hatte ihm Grit etwas zu Essen mitgebracht? Wusste er, an welchen Knöpfen von rechts oder links er den Herd an- und ausschalten musste?

Zum Teufel! Jetzt führte er sich wie Stefan auf.

Im Küchenregal stand eine Flasche Bardolino. Furchtbar schlicht, wie beim Italiener um die Ecke. Ein Wein für Fertigpizzen oder Spaghetti mit Tomatensoße. Ob Hannes Lust auf ein gemeinsames Abendessen hatte?

Halt! Wieder zu schnell.

Finn schaltete zwei Gänge zurück.

Er wollte nicht mit der Tür ins Haus fallen, sondern Hannes signalisieren, dass er ihn mochte und für ihn da war.

Ein Willkommenstrunk unter neuen Nachbarn war okay. Alles andere nicht.

Vielleicht war Hannes müde und schlief längst nach diesem anstrengenden Tag. Oder er lag schluchzend auf dem Sofa und kämpfte mit der Verzweiflung.

In Finns Herz zog es. Stark genug, um wehzutun.

Scheiß der Hund drauf.

Mehr als rausschmeißen konnte ihn Hannes nicht.

Schon nach neun. Zu spät für einen spontanen Besuch?

Finn schluckte die Nervosität hinunter, duschte in Rekordzeit, putzte sich die Zähne und fand sich ratlos vor dem Kleiderschrank wieder.

Jeans. Klar.

Welche?

Die mit dem tief sitzenden Hosenbund.

Hervorspringende Beckenknochen waren sexy.

Shorts?

Unsinn. Es war Frühling und die Hose saß ohnehin verflixt eng.

Shirt oder Hemd?

Hemd. Aber ärmellos, damit Hannes einen freien Blick auf Finns muskulöse Oberarme werfen konnte.

Ein Blick in den Spiegel.

Passte.

Wow! Die Jeans saß verboten tief.

Hannes brauchten nicht lange im Hosenbund fischen zu gehen, um Finns Erregungsgrad abzuchecken. Nur zum Test schob Finn die Hand zwischen Bauch und eng anliegendem Stoff.

Hoffentlich brach sich Hannes nicht die Finger dabei.

Zur rechten Zeit mussten eben ein paar Knöpfe aufspringen. Das ließ sich einrichten.

Im Badezimmerschrank wartete ein unangebrochenes Päckchen Gummis auf seinen Einsatz.

Extra reißfest, extra feucht.

Finn steckte zwei ein. Für den unwahrscheinlichen Fall, dass es Hannes ähnlich ging wie ihm und er ihn wider Erwarten nicht zum Teufel jagte.

Der Gleitgelspender blieb, wo er war. Zusammen mit der Weinflasche konnte er ihn sich schlecht unter den Arm klemmen und in seine Hosentaschen passten kaum die Kondome.

Außerdem war das Ding erschreckend leicht.

Finn drückte auf den Pumpknopf.

Ein gesprotzter Klecks ins Waschbecken. Das war alles. Beim zweiten Mal kam gar nichts mehr.

Leer.

Auch gut.

Hi Hannes, ich habe dir was mitgebracht. Lass den Wein atmen, während ich Gel und Gummis schon mal auf dem Nachttisch deponiere.

Wie hätte das ausgesehen?

Gar nicht.

Jedenfalls nicht für Hannes.

Finn biss sich auf die Lippen. Was war er für ein schäbiger Mistkerl!

Hannes brauchte Hilfe und keinen geilen Nachbarn, der ihn durch die noch unbekannten Zimmer fickte.

Die Gummis wanderten zurück in die Verpackung.

Sofort fühlte er sich besser.

Die Nadel seines moralischen Kompasses mochte zittern, aber sie zeigte wenigstens grob Richtung Anstand.

Finn steckte den Notfallschlüssel ein. Wozu? Wie es sich gehörte, würde er klingeln und nicht einfach in fremde Wohnungen eindringen.

Dennoch. Er hatte Grit zugesagt, für den Ernstfall gewappnet zu sein.

Tief einatmen und los.

Der Vorsatz brachte ihn vor Hannes' Tür.

Der Finger wollte nicht auf die Klingel drücken.

Nachher schlief Hannes tatsächlich, und wenn er klingelte, taumelte er durch die Gegend und nahm im Halbschlaf jede Ecke mit.

Ob er den Schlüssel benutzen sollte?

War Schlafen ein Notfall?

Eher weniger.

Von innen drang ein dumpfes Rumpeln zu ihm.

Finn legte das Ohr an die Tür.

»Hannes?«

Das Poltern stoppte, wurde aber nicht zu Schritten.

»Hannes!«

Scheiße, das war ein Notfall! Finn schloss auf.

Alles war dunkel. »Hannes?«

Die Wohnung war spiegelverkehrt zu seiner geschnitten. Das Wohnzimmer, das Bad, Küche ... nirgends Licht. Finn schlug auf den nächstbesten Schalter. Die Tür vor ihm war nur angelehnt. Dahinter hörte er es laut atmen. »Hannes?«

Er kniete vor dem Bett. Der Schweiß, der ihm den Rücken hinunter rann, glitzerte im Lichtschein der Flurlampe.

Hannes japste nach Luft, als hätte er eben einen Marathon hinter sich gebracht.

»Ich sehe nichts mehr.« Er drehte den Kopf in Finns Richtung, blickte knapp an ihm vorbei.

Finn hockte sich neben ihm. Hannes' Augen waren grau. Eventuell mit einer Spur grün um die Pupillen. Das Licht war zu schwach, um es genauer erkennen zu können.

»Finn, hilf mir«, keuchte Hannes. »Ich sehe nichts. Gar nichts. Keine Farben, keine Umrisse. Auch keine Lichtblitze.«

»Lichtblitze?« Finn legte ihm die Hand auf den Rücken. »Ich dachte, du bist blind?«

»Ich sehe Farben. Manchmal, wenn ich mich anstrenge oder wütend bin.«

Deshalb schwitze er so. »Bist du auf der Stelle gerannt?«

»Ich muss etwas sehen!«

Finn rieb über nasse Haut. »Komm erst mal wieder runter.«

Hannes tastete sich zu Finns Arm, hielt sich fest. Seine Kiefermuskeln verkrampften sich. »Finn, bitte!«

Blind. Nichts außer Nichts. Finn schüttelte es, als ob Hannes' Angst auf ihn übersprang.

Er berührte den erschütterten Mann an der Wange, führte dessen Kopf zu seiner Schulter. »Ich bin ja da.« Er musste sich räuspern, um halbwegs ruhig reden zu können. »Vielleicht ist es nur vorübergehend und morgen ...«

»Warum sind keine Umrisse mehr da?« Hannes schluchzte.

Das Geräusch fuhr Finn ohne Umwege ins Herz.

»Ich habe sie den ganzen Tag gesehen. Die Türöffnungen, Schränke, die hellen Quadrate der Fenster.«

Verfluchte Scheiße, Hannes rannen die Tränen übers Gesicht und Finn konnte nichts anderes tun, als ihn im Arm zu halten.

Keine Schemen. Nichts, woran er sich orientieren konnte. Was für ein Albtraum.

Moment. Im Zimmer war es finster. Das Wenige an Helligkeit aus dem Flur zählte nicht. Wie sollte Hannes unter diesen Umständen Umrisse erkennen können?

»Komm auf die Beine.« Finn hievte ihn hoch. »Mir fällt gerade etwas ein.«

Hannes hielt sich an ihm fest. »Wäre schön, wenn du nicht gleich wieder gehen würdest.«

Er klang so unglücklich. So komplett allein und durch den Wind.

Finn streichelte eine Träne von der blassen Wange. »Ich bin gekommen, um einen netten Abend mit dir zu verbringen.« Mit einem Schluck Wein, ein bisschen reden, danach entspannt vögeln ... An sich eine viel versprechende Abendplanung. Doch vorher musste Hannes aus seiner Verzweiflung finden.

»Du brauchst Schatten zum Orientieren?«

Hannes nickte.

»Ohne Licht kannst du die nicht sehen.«

»Ohne Licht?« Hannes schien völlig verwirrt.

»Draußen ist es dunkel und du hast kein Licht angeschaltet. Keine Umrisse ohne Lichtquelle.«

Hannes starrte an einen Punkt vor sich. »Ich habe es vergessen.«

»Eben. Und jetzt holst du es nach.«

Und wenn er dennoch nichts sah?

Wenn sich seine Blindheit rasant verschlimmert hatte? Finn scheuchte die Zweifel aus seinem Kopf.

»Komm mit.« Er führte Hannes zum Schalter. »Hand ausstrecken und Wand abtasten. Wir stehen direkt davor.«

Hannes gehorchte. Seine Finger glitten über die Raufasertapete, streiften den glatten Plastikrahmen und drückten zu.

Neben dem Bett ging eine Stehlampe an.

»Dreh dich zum Licht.«

Hannes schloss die Augen, rührte sich kein Stück vom Fleck. »Ich habe Angst, dass es nicht funktioniert.«

»Dann bin ich nach wie vor bei dir und helfe dir über die Enttäuschung hinweg. Magst du Bardolino?«

Hannes lachte nervös. »Geht so.«

»Wie steht es mit braunhaarigen Männern, die an den wichtigsten Stellen rasiert sind?« Himmel, wagte er sich weit vor. Wenn der Korb kam, nahm er ihn wie ein Held entgegen.

Wenigstens wirkte Hannes bereits entspannter. »Du hast braune Haare?« Er tastete sich zu Finns Nacken und wuschelte zaghaft in den Strähnen. »Fühlt sich gut an. Schön lang.«

Welch ein Glück, dass er den Friseurbesuch für heute gestrichen hatte.

Hannes ließ seine Hand, wo sie war. »Ich bin nicht auf Haarfarben festgelegt, aber dich würde ich auch mit grünen Stacheln mögen.«

»Echt?« Finn grinste bis zu den Ohren.

»Klar.« Hannes lachte. Spontan und wundervoll erleichtert. »Ich mag dich, weil du bei mir bist und es schaffst, meine Nerven im Zaum zu halten.«

Dafür musste er Hannes einfach umarmen.

Ganz behutsam, immerhin sah sein Opfer nicht, woher der Übergriff kam.

Finn strich mit beiden Händen über Hannes Schultern bis zum Rücken. Dann zog er ihn an sich und hielt ihn fest. Er spürte den fremden Herzschlag durch sein Hemd.

Langsamer, schneller, stärker. Dann wieder ruhiger.

Er war sich jeden Stückchens nackter Haut bewusst. Seidig und feucht liebkoste sie seine Fingerspitzen.

»Sag, wenn du bereit bist.« Seine Stimme klang belegt. »Und keine Bange.« *Du kannst es ohnehin nicht ändern.*

Nur ein flüchtiger Trostkuss auf die Schläfe. Finn hätte liebend gern viel mehr gegeben.

Hannes seufzte, schmiegte sich enger an ihn. Finns Herz hopste. Vor Anspannung, die er mit Hannes teilte, und vor Glück.

»Versprich mir etwas.« Noch eine gehauchte Berührung mit den Lippen. Nach dem leichten Salzgeschmack könnte er süchtig werden. »Wenn alles dunkel bleibt, wirst du keine Dummheiten anstellen, klar?« Plötzlich hatte er Angst um den Mann in seinem Arm.

»Okay.« Hannes nickte entschlossen. Seine Wange streifte über Finns. Die Stoppeln kratzen ihn, aber das war gleichgültig. Finn ließ ihn los, Hannes drehte sich zur Lampe.

»Und?« Finn hielt den Atem an.

»Hell.«

Finn polterten Gesteinsbrocken vom Herz. »Bleib stehen und sieh weiter zum Licht.« Er stellte sich direkt vor die Lampe. »Was erkennst du jetzt?«

»Was Dunkles vor dem Hellen«, kam es wie aus der Pistole geschossen.

»Gut. Das Dunkle bin ich.«

Hannes atmete laut aus. »Danke.« Mehr sagte er nicht. Das war auch nicht nötig. Er kam zögernd auf Finn zu, berührte sein Gesicht.

»Denkst du, mein leichtsinniges Experiment hat eine zweite Chance verdient?« Mit einer fahrigen Geste zeigte er um sich.

Finn schnappte sich die kühle Hand. »Klar solltest du das. Denke aber daran, abends die Lampen anzuschalten.«

»Das werde ich nie wieder vergessen.« Für ein Lächeln benötigte Hannes zwei Anläufe. »Ich will nicht nichts sehen. Ich brauche die Konturen, die Schatten, sonst ...« Er brach ab, senkte den Kopf.

»Vergiss für einen Moment die Blindheit, ja?« Warum schloss Hannes nicht einfach die Augen und ließ sich von ihm lieben?

Er stand verführerisch nah.

Die letzte Spur Angst haftete noch an den scharf geschnittenen Zügen und verlieh dem Gesicht etwas, das Finn in sich aufnehmen und nie mehr vergessen wollte.

Es verzauberte ihn.

Ebenso wie die glatte Brust, die versuchte, ein Herz gefangen zu halten, obwohl es so stark schlug, dass es Finn sehen konnte.

Hannes' gesenkter Blick, der Nacken, der sich gegen das Licht abzeichnete.

Finn streichelte darüber, fasste in weiche Haare. Fast von allein schob sich sein Bein zwischen die Schenkel des anderen.

»Lass mich hier bleiben.« Seine Lippen streiften über die feuchte Halsbeuge. Ein betörender Duft stieg ihm in die Nase.

Wäre Hannes hetero, würde er Finn spätestens jetzt auf Distanz bringen.

Der Mann in seinem Arm hielt still, atmete tiefer.

Ein Kuss auf geschwitzte Haut.

Hannes stöhnte leise, neigte den Kopf zur Seite.

Platz für einen zweiten Kuss. Dieses Mal länger und mit einem zarten Knabbern gewürzt.

Salzig, lecker. »Du schmeckst gut. Darf ich dich überall probieren?«

»Hör auf.« Hannes machte sich stocksteif. »Ich will keinen Mitleidsfick.« Er schob die Hände in die Taschen. »Ich bin dir dankbar, dass du mir geholfen hast, doch der Tag war lang und hart. Ich möchte schlafen. Bitte geh.«

≈

Sein Herz hämmerte wild. Nicht nur vor Zorn. Auch vor Lust.

Finn hatte sie ihm auf die Haut geküsst. Nun bahnte sie sich einen Weg tief in ihn hinein.

Hätte er sehen können, hätte er Finn sofort aufs Bett geworfen.

Aber nicht so.

Dachte sein Nachbar, er sei leicht zu haben? Dachte er, Hannes könnte es sich nicht mehr leisten, einen Mann abzulehnen? Verflucht noch mal. Er stand völlig neben sich.

Finn war wundervoll gewesen. Seine Stimme, seine Berührungen. Hannes wollte ihn.

Falsch. Er würde ihn wollen, wäre er noch derselbe wie vor zwei Monaten.

Die Gefühle in seiner Brust tobten durcheinander.

Zu wild, zu verworren, um einen klaren Gedanken zuzulassen.

»Es tut mir leid«, krächzte Hannes durch den Wirrwarr hindurch. »Ich wollte dich nicht ...«

Finn lachte. Keine Spur von Spott. Höchstens Ärger.

»Ein Mitleidsfick?« Er klang hart, rau, ganz anders als eben.

Über Hannes' Rücken huschte eine Gänsehaut.

Finns Atem streifte sein Gesicht. »Ich will dich. Jetzt. Hier.« Er nahm seine Hand, presste sie gegen die Beule in seiner Jeans. »Spürst du das?«

Steinhart, verlockend groß.

Hannes wurde heiß.

»Das ist kein Mitleid«, knurrte ihm Finn ins Ohr, »sondern ein beachtlicher Ständer.«

Hannes wollte die Hand wegnehmen. Es ging nicht. Finns Erregung drängte sich dagegen, fühlte sich zu gut an, um sie loszulassen.

Finn packte ihn im Genick, zog ihn nah an sich heran. Hannes schnappte nach Luft, sofort waren da Lippen, die sich fest auf seine legten.

Ein Kuss, wild, atemraubend.

Keine Chance, die fremde Zunge abzuwehren. Sie eroberte seinen Mund, zwang Hannes zur Kapitulation.

Seine Knie knickten ein. Er musste sich an Finn festhalten.

Der schlang einen Arm um ihn.

»Ich habe es dir vorhin schon gesagt.« Finn biss ihn ins Kinn. »Du bist eine Sahneschnitte. Glaube es oder lass es. Aber versaue uns nicht diese Nacht. Du würdest es bereuen.« Er drängte ihn zurück, bis Hannes die Tapete an dem nackten Rücken spürte. Sein Herz schlug bis in den Hals. Oder pochte es zwischen den Beinen? Er fasste um Finns Hüfte, zog ihn dicht an sich an heran. Als er sich an Finns Schenkel rieb, keuchten sie beide.

»Ich will in deinen sinnlichen Mund.« Finn schnappte nach Hannes' Lippen - fast nicht mehr zärtlich.

Hannes schoss das Blut in die Lenden. Die grobe Art des anderen elektrisierte ihn. Finn nahm seinen Mund wild mit der Zunge, presste Hannes fest an sich.

»Ich will überall in dich rein.«

Gekeuchte Worte.

Sie klangen nach ungezügelter Lust. Hannes gab sich der rauen Stimme und Finns Händen hin, die gierig über seinen Körper glitten.

Bunte Lichtblitze flackerten vor seinen Augen. Nicht ein einziger war rot.

»Ich will fühlen, wie du dich um mich zusammenziehst«, wisperte es an seinem Ohr. »Will deinen Schwanz durch meine Faust gleiten lassen. Langsam und fest, bist du mich anflehst, dich zu erlösen.« Finn riss an den

Jeansknöpfen, stöhnte vor Ungeduld. Endlich streifte er die Hose über Hannes Hüfte.

Sanfte Finger, warm, unendlich zärtlich. Sie umkreisten seine Spitze, ließen seine Härte unter ihren Berührungen zucken. Hannes keuchte laut auf, konnte es nicht ändern. Er war so lange nicht auf diese Weise berührt worden.

Finn lehnte sich gegen ihn. Seine Nähe war kaum zu ertragen.

Wenn er ihn nicht sofort nahm, würde er darum betteln.

»Ich bin nicht blind.« Finns Flüstern an seinem Hals. »Und was ich sehe, raubt mir die Beherrschung.« Heiße Lippen auf seinem Kehlkopf. Hannes schluckte, Finn biss zu. Zart. Aber es reichte, um den Verstand aufzugeben.

⁓

Unglaublich intensive Gefühle fluteten ihn. Finn leckte die zarte Haut am Hals, saugte in dem Grübchen zwischen den Schlüsselbeinen.

Hannes hielt ihn locker an der Hüfte, als ob er keine Kraft mehr zum Zugreifen hätte. Finn strich ihm die Haare aus der Stirn, liebkoste die Schläfen, die Mundwinkel.

Wie konnte sich ein hinreißender Mann wie Hannes einreden, irgendjemand würde ihn aus Mitgefühl vögeln wollen?

Finn ließ die Hände über den um Atem ringenden Körper gleiten. Langsam ging er in die Knie, küsste dabei jedes bisschen Haut, das er erwischte.

Der Nabel war eine Versuchung. Finn stippte mit der Zungenspitze hinein. Hannes stöhnte, schob ihm sein Becken entgegen.

Gott, dieser fein herbe Duft!

»Komm das erste Mal in meinem Mund.« Die Spitze war zart an seiner Zunge. Hannes biss sich auf die Lippen, legte den Kopf so weit in den Nacken, dass sein wundervoll markanter Kehlkopf die Haut zu durchstoßen schien.

Finn streichelte den flachen Bauch, schmiegte sein Gesicht an Hannes Lenden. Seine Erregung drückte schmerzhaft gegen die Jeans, aber sie musste noch warten.

Pulsierende Lust. Je öfter er sie in seinen Mund eindringen ließ, desto heftiger wurde seine eigene. Die schlanken Hände in seinen Haaren, das unkontrollierte Ziehen in seinem Unterleib.

Hannes' Hüfte, die immer wieder nach vorne kippte.

Finn schmeckte die ersten Tropfen.

»Warte!« Hannes krümmte sich zusammen, zog ihn mühsam von sich weg.

Sein Körper glänzte vor Schweiß. Finn leckte quer über die Leisten. Hannes keuchte, biss sich auf die Lippen. Sein Schwanz zuckte an Finns Hals. »Ich will nicht allein kommen.« Stöhnend presste er die Hand auf die Erektion, drückte sie nach unten. »Bitte, Finn. Steck dich einfach in mich rein und vögel mich, bis mir sämtliche Umrisse und Schatten egal sind.«

Finn verlor sein Herz. Zwei drei Schläge pochten gegen seine Rippen, dann zog es so heftig, als ob seine Brust zerspringen würde.

Hannes reichte ihm die Hand, zog ihn hoch. Ganz langsam knöpfte er Finns Jeans auf. »Hast du was dabei?« Ihm war anzuhören, wie schwer ihm die Beherrschung fiel. »Außer dem Bardolino, meine ich.«

Die sexy raue Stimme fuhr Finn direkt zwischen die Beine.

»Klar habe ich ...« Verdammte Moral! »... nein. Tut mir leid. Aber ich kann etwas holen. Gib mir eine Minute.«

Hannes atmete tief ein. »Beeil dich.« Er ließ die Arme sinken, wirkte plötzlich unglücklich wie vorhin.

»Hey, ich komme wieder.«

»Weiß ich.«

Einen Kuss auf den wundervollsten Mund, den er je gekostet hatte. »Vergiss die Minute. Ich schaffe es in zwanzig Sekunden. Fang an zu zählen.«

Ein Sprint mit offenem Hosenstall und wippendem Schwanz. Die Lächerlichkeit der Situation genügte längst nicht, um ihn erschlaffen zu lassen. Finn fiel vor Hektik zwei Mal der Schlüsselbund hinunter, bevor er endlich seine Wohnung und das Bad stürmte.

Eine Handvoll. Sicher war sicher.

Zurück. Sofort.

Wie lag er in der Zeit?

Hannes stand dort, wo er ihn eben alleingelassen hatte. Mit der Jeans in den Knien und halbsteifem Penis. Ein Lächeln hellte die angespannte Miene auf. »Du bist zu spät.«

»Höchstens ein paar Sekunden.« Gott, die zerwuselten Haare, der wundgeküsste Mund. In seinem eigenen wurde es nass. »Wie traurig, dass du nicht mehr sehen kannst, wie wunderschön du bist.« Scheiße, die Worte strömten schneller aus seinem Mund, als er sich darauf schlagen konnte.

Hannes senkte die Lider. »Dann sag es mir.«

Wie verloren er wirkte. Wegen ihm.

»Tut mir leid.« Er war ein Idiot!

Die Gummis landeten auf dem Nachttisch. Finn fasste ihn an den Schultern. »Warte. Ich betrachte dich. Von oben bis unten.«

In Hannes' Mundwinkeln zuckte es.

»Alles, was wundervoll genug ist, mir den Verstand zu rauben, werde ich küssen. Dann weißt du, wo du am bezauberndsten bist.«

Hannes lachte. Leise und so glücklich. Finns Herz wurde es zu eng in der Brust. Er musste tief einatmen, um dem riesigen Ding Platz zu schaffen.

Eine Hand legte er Hannes in den Nacken, die andere an die Wange. Seine Finger berührten die Schläfe.

Zarte Haut.

Finn küsste sie, schnupperte sich zum Haaransatz.

Das Ohr war samtig.

Er knabberte, spürte Hannes' Schaudern.

Hoch zu den Augen.

Die Brauen, das rechte, dann das linke Lid.

Hannes' Seufzen streifte sein Gesicht.

Die Nase - nicht zu groß, aber es reichte für drei Küsse.

Oben, in der Mitte, auf der Spitze.

Der Mund. Endlich!

Finn ließ sich Zeit.

Er erkundete ihn allein mit der Zungenspitze.

Schließlich das Kinn.

Hart, ein wenig zu kantig.

Ungeheuer männlich.

Den Biss musste Hannes aushalten.

Ein leises Knurren.

Der Kehlkopf vibrierte.

Schon machten sich Finns Lippen auf den Weg dorthin.

Hannes stöhnte auf. Hektisch tastete er neben sich entlang, bis er den Nachttisch fand. Es knisterte und Hannes hielt ihm ein Kondom hin. »Ich schaffe es keine Sekunde länger.« Er drängte sich an ihn, dass Finn beinahe das Gleichgewicht verloren hätte.

Hungrige Küsse trafen Nase und Wangen, verpassten nur knapp den Mund.

Finn pflückte das Päckchen aus Hannes' bebenden Fingern.

Seine eigenen zitterten ebenfalls.

Himmel, stand er unter Strom.

Hoffentlich schnippte er das Ding nicht aus Versehen quer durchs Schlafzimmer.

Hannes schmiegte das Gesicht an Finns Hals. »Im Bett. Face to Face. Ich will mir einbilden können, deine Augen zu sehen, wenn du in mir kommst.«

Finn schluckte. Zu viel Spucke im Mund, zu viel Erregung im Rest seines Körpers.

Er drehte Hannes so, dass er die Bettkante an den Kniekehlen spürte. »Lass dich fallen.«

»Und dann?« Er streichelte über Finns Schenkel, umschloss mit den Fingern seine Erektion. »Bekomme ich das hier, ja?«

Ein zuckersüßes, gieriges Grinsen.

Finn stieß in Hannes' Faust. »Wenn du was davon haben willst, lässt du diese Spielchen.« Die Lust ballte sich in seinem Unterleib und wollte sich in dem festen Griff entladen.

Hannes ließ ihn los, legte sich aufs Bett.

Finn kniete sich über ihn. Hoffentlich hielt er lange genug durch, um Hannes in hohem Bogen über die Klippe zu stoßen.

Noch einmal in den intimen Duft zwischen Hannes' Schenkeln eintauchen und langsam Stoff entfernen, der frühestens morgen Mittag wieder Verwendung finden würde.

Als Hannes nackt vor ihm lag, wurde Finn schwindelig vor Erregung. »Ich weiß nicht, wie ich dich aushalten soll.« Ihm kam es fast von allein.

Hannes rekelte sich, was Finns Zustand massiv verschlimmerte. »Jetzt du.« Er kippte das Becken nach vorn, berührte sich. Sein tiefes Stöhnen raubte Finn den letzten Funken Verstand.

»Ich möchte dir beim Ausziehen zusehen. Aber du bist kaum mehr als ein Schatten.«

»Was macht das?«

Weg mit der Jeans und dem gekappten Hemd. Strippen war ohnehin Zeitverschwendung. »Du wirst mich fühlen. Das ist besser.« Er schmiegte sich auf Hannes erregten Körper, ließ sich von dessen Armen einfangen und an sich pressen.

∽

Reißendes Papier, das leise Quietschen des Gummis. Finn küsste ihn zärtlich, als er Hannes' Schenkel auf seine Schultern legte.

Wann hatte er das letzte Mal unten gelegen? Es war schon nicht mehr wahr.

Finn zeichnete mit dem Finger Hannes Lippen nach. Dann schob er ihn ihm in den Mund.

Hannes saugte. In seiner Mitte pulsierte es immer heftiger.

»Mach ihn noch nasser.« Heiseres Flüstern ... ein einziges Versprechen.

Hannes leckte über den Finger, bis Finn ihn mit seiner Zunge tauschte.

Ein wilder, samtiger Tanz begann.

Finns Hand glitt zwischen Hannes' Pobacken.

Feucht, drängend. Hannes keuchte in den Mund, der ihm längst den Atem nahm.

»Du bist eng«, hauchte der Mann über ihm. »Du wirst mich damit wahnsinnig machen.«

Das machte nichts, wenn er ihn nur weiter massierte.

»Ich kann die Lust in deinem Gesicht sehen.« Finn biss ihn sanft ins Kinn. »Ich will sie teilen.«

Ein zweiter Finger schob sich in ihn. Hannes stöhnte, streckte sich dem Druck entgegen. Er tat gut, so unendlich gut.

Bunte Sterne explodierten. Irgendwo in seinem Kopf, vor dem Schatten, der ihn immer schneller zur Ekstase trieb. Er brauchte Halt, fand Schultern, verlockend muskulös. Arme, stark, warm.

Solange sie ihn hielten, war alles gut.

⁓

Rauschen in den Ohren und eine Erregung, die er kaum noch ertragen konnte. Ein Biss in Hannes' Lippen. Kein Warten mehr. Keine Sekunde.

Finn presste seine Spitze gegen den Eingang, genoss Hannes' sehnsüchtiges Keuchen. Ganz vorsichtig. Er wollte diesem fantastischen Mann nicht wehtun. Aber verdammt, er war so eng.

Hannes verzog das Gesicht. »Langsam.« Er keuchte, klammerte sich an ihn.

»Lass mir Zeit.«

»Zwei Herzschläge.« Länger hielt er es nicht aus. Sein Unterleib brannte vor Gier.

So behutsam wie möglich schob er sich tiefer.

Hannes legte den Kopf weit in den Nacken, krallte sich ins Laken. Sein Stöhnen klang nach Schmerz. Finn küsste den hervortretenden Kehlkopf. »Genieße es.« Dann würde er sich entspannen und den Rausch mit ihm teilen.

Hannes griff ihm ins Haar, zog sich zu ihm hoch.

Ein verzweifelter Kuss. Wild, unglaublich innig.

Finn versenkte sich in dem Mann unter ihm.

Der bäumte sich auf, starrte ihn an. »Finn!«

»Ich fülle dich aus. Das ist okay.« Er leckte über die geöffneten Lippen. Sie rangen um jedes bisschen Luft. »Du brauchst nichts sehen, nur fühlen.«

Hannes schloss die Lider. Er sank zurück, drückte sich ihm zögernd entgegen. Er nickte, ließ seine Hand in Finns Strähnen. »Okay.«

Behutsam begann Finn, sich in der Verstand raubenden Enge zu bewegen.

Hannes atmete schwer. Seine Miene zuckte, seine Finger krallten sich ins Laken.

Gott, wie sollte sich Finn beherrschen?

Er kämpfte gegen den brennenden Wunsch, Hannes wild und schnell zu nehmen.

Zarte Küsse.

Beruhigendes Flüstern, Liebkosen des samtigen Ohres.

Hannes entspannte sich, ließ Finn bei jedem Mal weiter eindringen.

»Schneller«, wisperte er plötzlich. »Finn, bitte! Schneller!«

≈

Zu viel Lust in ihm. Sie würde ihn zerreißen. Finns Keuchen, seine harten, tiefen Stöße. Hannes taumelte zwischen glühender Ekstase und lustvoller Qual.

Er versuchte, sich aufzubäumen, vor den Wellen zu flüchten, die gleich über ihm zusammenschlugen. Dabei trieb es ihn mitten in sie hinein. Wohin er sich wandte, Finn war dort, küsste ihn, beruhigte ihn für einen kurzen Augenblick, bevor er ihm erneut in sengende Glut stieß.

Vor seinen Augen explodierte Licht zu tausend Funken.

Es schleuderte ihn aus sich heraus.

Kein Körper mehr. Nur Gefühl.

Es schwoll an, verdrängte jeden Gedanken, jeden Schmerz.

Unerträglich intensiv. »Finn!«

»Bin hier.« Finn hielt ihn fest. »Keine Angst.«

Starke Arme ... sie durften ihn nicht loslassen. Er würde sonst verloren gehen, in dem Rausch, der ihm die Blindheit aus dem Leben riss und bunte Blitze zurückließ.

⁓

Hannes bebte, wurde eng. Finn ergoss sich, als sich sein Geliebter ein letztes Mal aufbäumte.

Ein Gefühl, als verschmelze er mit dem Körper unter sich.

Zu lustvoll, um es still zu ertragen.

Finn schrie es aus sich heraus.

Scheiß auf die Nachbarn.

Nichts war mehr wichtig. Nur sie beide.

Er sank erschöpft auf den nass geschwitzten Körper, spürte das Echo seines donnernden Herzschlages in Hannes' Brust.

»Kein Rot«, japste Hannes atemlos. »Tausend Lichter ... aber kein Rot.«

»Ist das gut?«

»Fantastisch.« Ein völlig durchgenommenes Lächeln breitete sich auf den wundgeküssten Lippen aus. »Besuche mich morgen Abend wieder.« Hannes' zitternde Hand suchte sich ihren Weg zu Finns Wange. »Könnte ja sein, dass ich sonst vergesse, das Licht anzuschalten.«

»Wirst du nicht. Doch ich werde trotzdem kommen.« Er rollte sich von Hannes hinunter, schmiegte sich an dessen Rücken und schlang die Arme um ihn. »Wie wäre es, wenn ich gleich hier bleibe? Vielleicht brauchst du Hilfe beim Duschen und bist froh, wenn dir jemand das Handtuch reicht.«

In seinem Arm grunzte es behaglich. »Fantastische Idee. Du darfst mich auch gern abtrocknen.«

»Mach ich.« Sacht knabberte er an Hannes' Hals. »Falls du mein mieses Frühstück überleben solltest, fahren wir danach eine Runde mit meinem Baby, okay?«

Unter seinen Händen verkrampfte sich Hannes. »Ich bin mir nicht sicher, ob ich ...«

»Aber ich.« Ob ein Nackenbiss seine Zweifel vertreiben konnte?

Hannes zuckte zusammen, drückte sich dennoch verlockend eng in Finns Kuhle.

»Ist wie unser Löffelchen.« Finn kuschelte sich dicht an den Mann in seinem Arm. »Nur dass du hinten sein wirst. Festhalten, genießen und in die Kurven legen. Das bekommst du hin.«

Hannes lachte. Vollkommen unbeschwert. Es gab kein wundervolleres Geräusch auf der Welt.